CARLY PHILLIPS

LOVE *not* LOST

Wunschlos

Aus dem Amerikanischen
von Anu Katariina Lindemann

WILHELM HEYNE VERLAG
MÜNCHEN

Die Originalausgabe *Dream (Rosewood Bay 4)*
erschien erstmals 2018 bei CP Publishing,
West Harrison, New York

MIX
Papier | Fördert
gute Waldnutzung
FSC **FSC® C014496**
www.fsc.org

Penguin Random House Verlagsgruppe FSC® N001967

Deutsche Erstausgabe 01/2023
Copyright © 2018 by Karen Drogin, CP Publishing
Copyright © 2023 der deutschsprachigen Ausgabe
by Wilhelm Heyne Verlag, München,
in der Penguin Random House Verlagsgruppe GmbH,
Neumarkter Str. 28, 81673 München
Redaktion: Barbara Häusler
Printed in Germany
Umschlaggestaltung: Nele Schütz Design,
unter Verwendung von Motiven von Shutterstock.com
(white snow, Galina Timofeeva)
Satz: Greiner & Reichel, Köln
Druck und Bindung: GGP Media GmbH, Pößneck
ISBN 978-3-453-42405-0

www.heyne.de

KAPITEL 1

Andi Harmon mochte Nachmittagspartys, da es solche nur selten in ihrem Leben gab. Als alleinerziehende Mutter und Geschäftsführerin des städtischen Blumenladens In Bloom war sie eigentlich ständig erschöpft und ging nicht gerade oft aus, um ein bisschen Spaß zu haben. Ihr Bruder Kane und dessen Ehefrau Halley, die kürzlich ihre Schwangerschaft bekannt gegeben hatte, waren die Gastgeber der Party für Halleys Schwester Juliette, die sie erst vor Kurzem wiedergefunden hatten. Und da Halley und Kane am Strand wohnten, stand Andi nun da, blickte über die atemberaubende Bucht und unterhielt sich mit Juliette und Phoebe, Halleys anderer Schwester.

Andi blickte zum Wasser, wo ihr achtjähriger Sohn Nicky und Phoebes dreizehnjähriger Sohn Jamie herumtollten. Während sie sich mit Phoebe über das bevorstehende Schuljahr unterhielt, ließ sie die Jungs nicht aus den Augen. Juliette, die neu in Rosewood Bay war und selbst keine Kinder hatte, hörte den beiden zu.

»Ich habe gehört, dass Nickys Klasse einen neuen Lehrer bekommt«, sagte Phoebe.

Andi hatte zwar gewusst, dass der Bezirk einen Ersatz

für Ms. Briggs suchte, die schwanger war und angekündigt hatte, nach der Geburt nicht wieder an die Schule zurückzukehren, doch bezüglich des Nachfolgers war sie nicht auf dem Laufenden. Als kleiner Bezirk gab es bei ihnen immer nur einen einzigen Lehrer pro Klasse.

»Sein Name ist Mr. Davenport«, fuhr Phoebe fort.

Als sie den Nachnamen hörte, setzte Andis Herz einen Schlag aus. »*Kyle* Davenport?«, fragte sie atemlos.

»Genau.« Neugierig sah Phoebe sie an. »Kennst du ihn etwa?«

»Ja, ist aber schon lange her«, murmelte Andi, die über etwas so Persönliches nicht reden wollte. Sie war ein zurückhaltender Mensch, etwas, was sie notgedrungen gelernt hatte.

Das letzte Mal, als sie Kyle gesehen und mit ihm gesprochen hatte, hatte sie ihm gesagt, er solle verschwinden, sie in Ruhe lassen und nie wieder belästigen. Bei der Erinnerung, wie sie ihren einst besten Freund behandelt hatte, krampfte sich ihr Herz zusammen. Und auch wenn sie damals die allerbesten Absichten gehabt und ihn nur hatte schützen wollen, hatte er das ja nicht gewusst. Er hatte nur ihre Zurückweisung wahrgenommen.

»Jedenfalls hab ich gehört, er soll ziemlich heiß sein«, meinte Phoebe, die nicht merkte, dass, je mehr sie über Kyle Davenport sprach, Andi sich immer unbehaglicher fühlte.

Phoebe versetzte Andi mit dem Ellbogen einen Rippenstoß. »Man weiß nie. Vielleicht wäre er ja der Richtige für dich.«

Wenn Phoebe wüsste ... Damals war Kyle Andis Ein und Alles gewesen, schon seit Kindertagen an. Bis sie ging und sich in Billy Gray verliebte, den Highschool-Quarterback und Typen, mit dem jedes Mädchen in der Schule ausgehen wollte. *Sei vorsichtig, was du dir wünschst*, dachte sie heute, denn nachdem Billy auf sie aufmerksam geworden war, war nichts mehr so gewesen wie zuvor.

Sie schlang ihre Arme um sich, trotz des warmen Wetters fröstelte sie plötzlich. »Ich date nicht«, entgegnete sie, weil sie wollte, dass diese Unterhaltung endlich vorbei war. »Ich hab viel zu viel um die Ohren mit Nicky und meiner Arbeit.«

Juliette und Phoebe runzelten die Stirn angesichts dieser schroffen Bemerkung.

»Und du weißt, dass ich das für absoluten Blödsinn halte!«, entgegnete Phoebe. »Du bist wunderschön und hast eine tolle Persönlichkeit. Du könntest jeden Mann haben, den du willst, und der könnte sich glücklich schätzen, dich zu haben.«

»Warum wechseln wir nicht das Thema?«, schlug Juliette vor, die Andis Unbehagen offenbar spürte. »Ist Jamie schon aufgeregt, weil die Schule bald wieder anfängt?«, fragte sie Phoebe.

»Ja, er will natürlich seine Freunde wiedersehen. Aber Hausaufgaben? Da hält sich seine Begeisterung in Grenzen«, erwiderte Phoebe lachend. »Ist wohl ganz normal, nehme ich an.«

Immer noch aufgewühlt durch die Neuigkeit, dass Kyle nicht nur wieder zurück in Rosewood Bay war, sondern künftig auch noch der Klassenlehrer ihres Sohnes sein würde, hörte Andi dem Gespräch der beiden anderen nicht mehr zu. Sie brauchte jetzt ein paar Minuten für sich allein, um das Gehörte in Ruhe zu verdauen und sich wieder zu fangen.

»Entschuldigt mich«, murmelte sie und ging auf die andere Seite der hinteren Veranda, wo sie sich an das Geländer lehnte und langsam die frische, salzige Meeresluft einsog und wieder ausatmete.

Kyle war Lehrer geworden? Sie dachte über seine Eigenschaften nach, an die sie sich noch erinnern konnte. Er war ein Büchernarr gewesen, freundlich und konnte gut mit seinem jüngeren Bruder umgehen ... Ja, sie konnte sich ihn durchaus als Pädagogen vorstellen, der mit Kindern arbeitete. Wenn sie gelegentlich seiner Mutter in der Stadt über den Weg gelaufen war, hatten sie es stets vermieden, über Kyle zu sprechen. Aber auch wenn es unausgesprochen blieb, hatte seine Mutter anscheinend verstanden, dass die Probleme und der Schmerz tief gingen. Was auch immer sie darüber wissen mochte, was zwischen den beiden vorgefallen war, war sie in den vergangenen Jahren trotzdem immer sehr nett Andi gegenüber gewesen.

Jetzt würde sich Andi also ihrer Vergangenheit stellen müssen und den Lügen, die sie erzählt hatte. Sie könnte es Kyle nicht verdenken, wenn er sie immer noch hassen würde, weil sie kurz nach ihrem Schulabschluss dermaßen mies zu ihm gewesen war. Und so gerne sie jetzt auch alles richtiggestellt und ihm erklärt hätte, warum sie ihn damals abgewiesen hatte, so würde das doch auch bedeuten, eingestehen zu müssen, wie schwach sie in Bezug auf Billy gewesen war. Und all die Schrecklichkeiten zuzugeben, die sie sich von ihm während ihrer Ehe hatte gefallen lassen.

Sie waren Geheimnisse, die sie niemals vorhatte irgendjemandem zu offenbaren.

★ ★ ★

Nach dem Unterricht wartete Kyle Davenport darauf, dass Nickys Mutter zum erbetenen Termin erscheinen würde. Er saß an seinem Schreibtisch und korrigierte Arbeiten seiner Schüler, war jedoch unkonzentriert, weil seine Gedanken immer wieder in die Vergangenheit zurückkehrten.

Seine Vergangenheit mit Andi Harmon.

Als er die Klassenliste erhalten und die Eltern die ausgefüllten Notfall-Formulare zurückgesandt hatten, war Kyle aufgefallen, dass der Nachname ihres Sohnes Nicky immer noch *Gray* lautete, Andi nach der Scheidung hingegen wieder ihren Mädchennamen *Harmon* angenommen hatte. Von der Scheidung hatte er erst erfahren, als er Ende des Sommers wieder zurück nach Rosewood Bay gezogen war. Seine Mutter hatte sich gehütet, mit ihm über Andi zu sprechen, deshalb hatte er auch nicht mitbekommen, wie ihr Leben weiterging. Er hatte es auch nicht wissen wollen.

Als Kyle beschloss, nach Rosewood Bay zurückzukehren, war ihm diese Entscheidung leichtgefallen – zumindest was seine Familie anging. Schon schwieriger war das Wissen, dass er auch Andi würde wiedersehen müssen. Nach seinem Highschool-Abschluss war er aus Rosewood Bay weg und aufs College gegangen, wo er seinen Master in Pädagogik gemacht hatte. Er kam nur noch in den Ferien zu Besuch nach Hause und ließ sich in Illinois nieder, wo er als Lehrer arbeitete.

Doch dann hatte sich seine Mutter im vergangenen Frühjahr bei einem Sturz die Hüfte gebrochen, und er saß wegen seiner Arbeit in einem anderen Staat fest und konnte ihr nicht beistehen. Da hatte er gewusst, dass er endgültig nach Connecticut zurückkehren würde, sobald das Schuljahr zu Ende war.

Er hatte sich längst eingestanden, dass seine jahrelange Abwesenheit ein Davonlaufen gewesen war. Andis schroffe Zurückweisung hatte ihn fast genauso getroffen wie ihre Entscheidung, den Highschool-Quarterback zu daten – den Typen mit dem schlechten Ruf. Obwohl Kyle sie gewarnt hatte, die Finger von ihm zu lassen. Es war weniger, dass er den Kerl gehasst hätte, den Andi zuerst datete und am Ende heiratete – wobei er dies doch tat –, er hatte jedoch trotzdem versucht, die Entscheidung seiner besten Freundin zu respektieren.

Es war eher, dass sie ihrer lebenslangen Freundschaft einfach den Rücken zukehrte und nie wieder zurückblickte, was ihn immer noch schmerzte. Sein Stolz war getroffen, aber das Gleiche galt auch für sein Herz. Denn obwohl sie beste Freunde gewesen waren, hatte er sie immer geliebt. Er hatte nur nicht den Mut gehabt, seinen Gefühlen zu folgen, und als er dann endlich so weit war, war bereits Billy Gray auf sie aufmerksam geworden, und Kyle hatte seine Chance verspielt. Und damit letzten Endes auch Andi.

Aber jetzt war er wieder zurück und musste sich mit ihr auseinandersetzen, um ihrem Sohn helfen zu können, der – wie Kyle sofort festgestellt hatte – im Vergleich zu seinen Mitschülern Lese- und Verständnisprobleme hatte. Kyle mochte es überhaupt nicht, Eltern etwas mitteilen zu müssen, das sie aus der Fassung bringen konnte, aber es gab so viele Möglichkeiten, einem klugen Jungen wie Nicky zu helfen, seine Probleme in den Griff zu bekommen.

Kyle richtete seine Aufmerksamkeit wieder auf die Arbeiten auf dem Schreibtisch vor ihm, sah sie allerdings immer noch nicht ganz deutlich, während er auf Andis Ankunft wartete. Er konnte einfach nicht aufhören, über sie nachzudenken und zu überlegen, was sie wohl heute für ein Mensch war. Wie die Jahre sie verändert hatten. Wie ihre Ehe mit diesem Arschloch ihre süße, freundliche Persönlichkeit weiter verändert hatte, denn die Frau, die damals ihre Freundschaft beendete, war nicht die Andi gewesen, die er kannte.

Ein Klopfen ertönte, und als er aufblickte, sah er sie abwartend im Türrahmen stehen. Sie trug dunkle Jeans und eine lilafarbene Bluse, ihr welliges, braunes Haar fiel ihr über die Schultern, und ihre großen braunen Augen schauten ihn etwas unsicher aus ihrem hübschen Gesicht an.

Sie aus der Nähe zu sehen war wie ein Schlag in die Magengrube. Sie war zu einer atemberaubenden Frau geworden, ihre natürliche Schönheit schimmerte durch – von den Sommersprossen auf ihrer Nase bis hin zum Brustansatz in ihrem dezenten Dekolleté. Aus dem Ausschnitt ihres Ober-teils lugte etwas Spitze ihres BHs hervor, der ihre üppigen Brüste betonte.

Er stand auf. »Komm rein«, sagte er mit rauer Stimme, sauer auf sich, weil ihm diese Merkmale sofort aufgefallen waren.

Sie betrat den Raum und kam zu seinem Tisch. »Hi«, be-grüßte sie ihn leise.

»Hi.«

Unbehagliches Schweigen folgte. Da ein Sich-einander-Vorstellen überflüssig war und jedes *Wie-ist-es-dir-so-er-gangen*-Geplauder nur peinlich und unaufrichtig gewesen wäre, fand er, dass er auch sofort zur Sache kommen könn-te. Aber bevor er seine Gedanken sortieren konnte, begann sie zu sprechen.

»Wie ist es dir ergangen?«, fragte sie.

Er warf ihr einen scharfen Blick zu. Sie waren nicht hier, um Versäumtes nachzuholen. »Warum setzen wir uns nicht und sprechen darüber, warum du hier bist.«

Sein kurz angebundener Ton und seine eindeutige Ab-lehnung von Small Talk ließ sie zusammenzucken, sie fass-te sich jedoch schnell wieder. »Ist mit Nicky alles in Ord-nung?« Ihre Stimme verriet aufrichtige Sorge um ihren Sohn.

»Setz dich.« Er wies auf den Stuhl vor dem Metalltisch.

Sie tat, wozu er sie aufgefordert hatte, schlug ihre lan-gen Beine übereinander und beugte sich vor, offensicht-lich offen für das, was er ihr zu sagen hatte. Er wusste es zu schätzen, dass sie nicht automatisch in die Defensive ging und sofort vom Schlimmsten ausging, wie es bei manchen Eltern der Fall war. Ein Elternteil, der zugänglich war, erleichterte ihm seinen Job. Und wenn sie trotz ihrer Vergangenheit Umgang miteinander haben mussten, war er darauf angewiesen, dass sie seinen Ideen gegenüber aufgeschlossen war.

»Mir ist bewusst, dass das Schuljahr erst vor wenigen Wochen angefangen hat, aber mir sind bei Nicky ein paar Dinge aufgefallen, die meiner Meinung nach darauf hinweisen, dass er ein Problem mit dem Lesen hat.« Er kam sofort auf den Punkt, ohne vorher lange um den heißen Brei herumzureden.

Mit weit aufgerissenen Augen schaute sie ihn an. »Ich wusste zwar, dass er Probleme damit hat, aber ich dachte, dass er einfach nur langsam lernt. Du weißt schon, so eine Jungssache eben.«

Kyle schüttelte den Kopf. »Er tut sich schwer, seinem Alter angemessene Wörter zu erkennen, und weicht aus, wenn er aufgefordert wird vorzulesen.« Dann berichtete Kyle ihr noch von weiteren Verhaltensweisen, die ihm aufgefallen waren.

Andi rang die Hände und blickte auf sie hinunter. »Er hat mir erzählt, dass er sich dumm vorkommt, wenn er vorliest, aber ich dachte, dass er nur ein bisschen frustriert ist.« Sie tupfte sich über die Augen, offensichtlich bestürzt, dass sie nicht mitbekommen hatte, dass etwas nicht stimmte. »Ich hätte aufmerksamer sein müssen. Aber tagsüber ist einfach immer so viel los – zwischen der Arbeit und der Schule, den Hausaufgaben und den Freizeitbeschäftigungen.«

Er wollte jetzt verdammt noch mal kein Mitleid mit ihr haben, aber ihre Emotionen berührten ihn dennoch, auch wenn er nicht in ihre Probleme mit hineingezogen werden wollte. Er wollte nur ihrem Kind helfen – nicht mehr und nicht weniger.

Er erhob sich, ging um den Schreibtisch herum und nahm auf einem Stuhl neben ihr Platz. Ihr Pfirsichduft wehte sofort zu ihm herüber und weckte seine Urinstinkte. Er hatte gehofft, zur Hölle nein, er hatte Nächte damit verbracht, dafür zu beten, dass das Verlangen, das er vor Jahren für sie empfunden hatte, verschwunden war. Dass er in den gut zehn Jahren, die vergangen waren, über sie hinweggekommen war. Aber angefangen bei der Art, wie er ihr Äußeres bewunderte, bis hin zu der Tatsache, dass sich sein Herz zusammenzog angesichts ihres unübersehbaren Schmerzes wegen ihres Sohns, war das nicht der Fall.

Er ignorierte diese rein biologische Reaktion und schob die emotionale beiseite, konzentrierte sich stattdessen auf den Grund ihres Treffens. Es war normal, dass sich Eltern vorwarfen, ein Problem ihres Kindes nicht mitbekommen zu haben, aber es war ja nun mal so, dass die Tage schnell vergingen und er als Lehrer mehr Stunden am Tag mit Nicky verbrachte als sie.

Er streckte die Hand nach ihrer aus, zog sie dann jedoch reflexartig wieder zurück, weil er keine persönliche Grenze überschreiten wollte. Wenn er so etwas nicht bei irgendeinem anderen Elternteil tun würde, dann mit Sicherheit auch nicht bei Andi. »Es ist nicht deine Aufgabe zu wissen, was für seine Altersstufe angemessen ist. Das ist mein Job. Und was sein Leseproblem angeht, gibt es auch gute Neuigkeiten.«

»Und die wären?« Sie schaute mit ihren braunen Augen hoffnungsvoll zu ihm auf.

Er räusperte sich. »Wir sind eine kleine Klasse, und ich habe die Möglichkeit, auf derartige Schwierigkeiten näher einzugehen. Ich wurde im Bereich *sprachliche Probleme* ausgebildet. Ich kann nach dem Unterricht noch etwas länger mit ihm arbeiten und ihm dabei helfen, Strategien zu entwickeln, die ihm das Lesen leichter machen.«

»Das würdest du tun?«, fragte sie. Offenbar war sie überrascht, dass er sich für sie solche Umstände machen würde.

»Das ist mein Job.«

Sie schluckte und nickte, dann wandte sie den Blick ab. »Stimmt. Also, was kann ich zu Hause tun, um ihm zu helfen?«

Er konnte nicht abstreiten, dass sie ganz offensichtlich eine gute, fürsorgliche Mutter war. »Ermutige ihn«, riet er ihr. »Lobe ihn für seine Bemühungen und nicht nur für das Endresultat. Und hab vor allem viel Geduld mit ihm. Lass ihn nicht spüren, dass du wegen dieser Situation gestresst oder besorgt bist. Wir wollen, dass er bei der Sache bleibt.«

Kyle stand auf und beendete das Treffen damit praktisch. Andi verstand den Wink und erhob sich ebenfalls. »Danke, dass du so aufmerksam warst.«

Er nickte. »Sollte Nicky wegen dieser Sache übermäßig gestresst wirken, können wir auch den Schulpsychologen hinzuziehen. Aber wenn er nichts gegen die Nachhilfe nach dem Unterricht hat, sollten wir damit anfangen.«

Sie nahm ihre Handtasche und sah ihn an. »Ich weiß es wirklich sehr zu schätzen, dass du dieses Treffen nicht irgendwie unangenehm machst.« Sie schenkte ihm ein zaghaftes Lächeln. »Da Nicky in deiner Klasse ist und du ihn jetzt unterrichtest, sollten wir unsere Vergangenheit beiseitelassen ... Nicky zuliebe.«

»Ich bin Profi, Andi. Meine Schüler haben Vorrang vor irgendwelchen privaten Problemen.« Anders gesagt: Er trug ihr immer noch nach, wie sie ihn damals behandelt hatte und wollte nicht, dass sie Gegenteiliges dachte.

Es war nicht einfach, jetzt etwas mit ihr zu tun zu haben, denn sie war noch genauso schön wie immer und noch genauso so schwer erreichbar für ihn wie eh und je.

★ ★ ★

Andi trat aus Kyles Klassenzimmer, ihren letzten Rest an Würde und Gelassenheit aufrechterhaltend. Erst als sie sich sicher war, dass er die Tür hinter ihr auch wirklich geschlossen hatte, lehnte sie sich Halt suchend gegen die nächste Wand und versuchte ihre Fassung wiederzuerlangen.

Sie wusste nicht, was sie erwartet hatte, wie er heute aussehen würde, aber er hatte sich verändert ... und war doch auch nach wie vor der Alte. Sein Haar war immer noch dunkelbraun und fiel ihm in die Stirn auf eine Art, die so dermaßen vertraut war, dass sie einen Kloß im Hals bekam. Er hatte ein hellblaues Hemd getragen, dessen hochgekrempelte Ärmel gebräunte Unterarme mit Muskeln zum Vorschein brachten, die er früher noch nicht besessen hatte. Sie fragte sich, wie wohl sein Brustkorb unter dem Hemd aussah. Seine Jeans schmiegten sich um kräftige Schenkel und einen sexy Hintern.

Sie hatte ihn zuvor nie als einen attraktiven Mann wahrgenommen, eine Erkenntnis, die nun ebenso überraschend wie verwirrend war. Er war einmal ihr bester Freund gewesen, aber jetzt sah sie *ihn*. Alles von ihm. Auch den kühlen Ausdruck auf seinem Gesicht und in seinen goldbraunen Augen, wenn er sie ansah. Und sich weigerte, die grundlegendsten Höflichkeiten auszutauschen.

Sie hätte damit rechnen sollen, dass er sie so behandeln würde, doch bis zu diesem Zeitpunkt hatte sie sich darüber keine Gedanken machen müssen, schließlich war Kyle Davenport bis jetzt lediglich Nickys *Phantomlehrer* gewesen. Sie hatte sich bis jetzt nicht direkt mit ihm auseinandersetzen müssen, auch wenn ihr Sohn ständig in den höchsten Tönen von seinem Lehrer geschwärmt hatte. Mr. Davenport war Nickys *absoluter* Lieblingslehrer. Ohne Einschränkungen.

Das Wissen, dass sie Kyle wiedersehen würde, hatte ihr den ganzen Tag bei der Arbeit im Magen gelegen. Und weil Hannah, ihre junge Halbtagskraft, sich krankgemeldet hatte, hatte Andi auch keine Zeit mehr gehabt, um vor dem Gespräch mit Kyle noch einmal nach Hause zu gehen, um sich frisch zu machen. Also war sie einfach hingegangen, wie sie war, und hatte auf das Beste gehofft.

So viele Jahre waren inzwischen vergangen, aber wenn sie ihn ansah, dann hatte sie das Gefühl, als wäre ihr letztes

Zusammentreffen erst gestern gewesen – als beste Freunde, die sich nicht vorstellen konnten, dass jemals etwas zwischen sie treten könnte.

Aber etwas – beziehungsweise *jemand* – hatte es getan. Sie musste akzeptieren, dass Kyle nie wieder so mit ihr umgehen würde wie früher.

Sie richtete sich auf, straffte die Schultern und verließ das Schulgebäude. Dabei rief sie sich ins Gedächtnis, dass ihre Priorität nicht auf ihrer nicht existierenden Beziehung mit Kyle Davenport lag. Am wichtigsten war ihr Sohn, und sie würde alles tun, um ihm das Lernen zu erleichtern.

Sie hielt noch beim Supermarkt und kaufte fürs Abendessen ein, bevor sie weiter zur Werkstatt ihres Bruders fuhr, um Nicky abzuholen, der nach der Schule zu seinem Onkel und Großvater gegangen war. Er verbrachte gerne Zeit mit ihnen, und wenn ihr Bruder Kane zu tun hatte, dann versuchte ihr Vater Jonathan Nicky mit dessen Hausaufgaben zu beschäftigen, wodurch er Andi auch noch Arbeit abnahm.

Sie ging ins Büro, wo sie ihren Sohn vorfand, der ihrem Dad gegenüber am Schreibtisch saß und Karten in der Hand hielt.

Sie räusperte sich.

Jonathan sprang auf. »Wir zocken nicht, ich schwör's!«, rief er, noch bevor Andi überhaupt etwas sagen beziehungsweise ihm Vorwürfe machen konnte.

Jonathan war spielsüchtig und konnte nie auf ein Spiel verzichten, von dem er glaubte, es gewinnen zu können. Das Problem war, dass er davon ausging, sie alle gewinnen zu können, gewöhnlich jedoch verlor und sich am Ende verschuldet hatte. Nach dem letzten Vorfall war Andi aus dem Haus ihres Vaters ausgezogen, und sie und Nicky hatten sich etwas Eigenes gesucht.

Sie hatte wirklich Glück gehabt. Ein älteres Ehepaar, das sein Haus behalten und nicht verkaufen wollte, hatte es Andi vermietet. Jetzt besaßen sie und Nicky ein schönes Zuhause, und sie musste sich keine Gedanken mehr darüber machen, ob ihr Vater die ganze Nacht unterwegs war oder Geld einsteckte, das sie hatte herumliegen lassen.

»Mom!« Nicky warf die Karten auf den Tisch und sprang auf. Ihr Junge war ziemlich gewachsen, er war groß und schlaksig, hatte lange Arme und Beine und die gleichen dunkelbraunen Haare wie sie. Von seinem Vater Billy hatte er nicht viel – weder von dessen Aussehen und definitiv nichts von dessen tyrannischem Wesen, worüber sie immer froh gewesen war.

»Hi, Nicky. Hi, Dad.« Sie lächelte beide an, nicht gewillt, mit ihrem Vater wegen des Kartenspiels einen Streit vom Zaun zu brechen.

»Warum wollte sich Mr. Davenport eigentlich mit dir treffen?«, fragte Nicky.

Sie streckte die Hand aus, um ihm durchs Haar zu wuscheln, überlegte es sich dann jedoch anders. Er wurde langsam zu alt für ihre spontanen, *babymäßigen* Berührungen, wie er es nannte. Aber er würde immer ihr *Baby* bleiben, auch wenn er so etwas nicht hören wollte.

»Er wollte mit mir über dein Lesen reden«, antwortete sie vorsichtig.

»Bäh! Ich hasse es«, murmelte Nicky daraufhin.

»Und er meint zu wissen, wo das Problem liegt. Lass uns beim Abendessen in Ruhe darüber reden, aber Kyle – ich meine Mr. Davenport – glaubt, dass er dir helfen kann.« Sie lächelte ihn aufmunternd an. »Bist du so weit, um nach Hause zu gehen?«

»Seine Hausaufgaben hat er fertig«, erklärte Jonathan.

»Super! Dann hast du jetzt freie Zeit«, sagte sie zu Nicky. »Bist du startklar?«

»Hi, Schwesterchen!« Kane kam aus der Werkstatt ins Büro und wischte sich dabei die Hände mit einem Lappen ab. Für Andi war er immer ihr Fels in der Brandung gewesen, jedenfalls solange sie es zugelassen hatte.

»Hi! Wie geht's?«, fragte sie.

»Könnte gar nicht besser sein. Ich wollte mich gerade auf den Heimweg zu meiner Ehefrau machen.«

Scherzhaft rollte Andi mit den Augen. Ihr Bruder und seine Frau Halley zeigten ihre Liebe ständig und überall, und sie freute sich für die beiden. Halleys Kindheit war nicht einfach gewesen, und Kane kennen und lieben zu lernen, hatte dazu beigetragen, dass sie sich anderen Menschen gegenüber geöffnet hatte. Und ihr Bruder hatte endlich die richtige Frau gefunden. Andi war nicht neidisch. Sie hatte sich damit abgefunden, dass sie in ihrem Leben ein paar äußerst falsche Entscheidungen getroffen hatte, und war froh, dass Billy eine andere Frau kennengelernt hatte, auf die er sich konzentrieren konnte, und sich nicht mehr für sie und Nicky interessierte.

Er hatte eine reiche Frau kennengelernt, als diese ihren

Sommerurlaub in Rosewood Bay verbrachte, die ihm seinen Lebensstil finanzieren konnte. Und er war mehr als froh gewesen, Andi das alleinige Sorgerecht für ihren gemeinsamen Sohn Nicky überlassen und sich damit jeglicher Verantwortung entziehen zu können. Das ersparte ihr sein dominantes Gebaren und seine Launen, und das war alles, was für sie zählte.

Sie hatte kein Interesse daran, dass jemals wieder ein Mann in irgendeiner Form die Kontrolle über ihr Leben übernahm.

* * *

Da Andi berufstätig war und deshalb tagsüber nicht in der Schule sein konnte, um dort freiwillig mitzuhelfen, nahm sie gerne an Abendveranstaltungen der Eltern-Lehrer-Organisation teil.

Auf diese Weise wusste Nicky zumindest, dass es sie interessierte, was wichtig für ihn war. An diesem Abend fand eine sogenannte Eiscreme-Party statt, bei der die Kinder für einen vergnüglichen Abend zusammenkamen, und gleichzeitig Geld für einen neuen Schulspielplatz gesammelt wurde.

Andi zog sich Jeans und ein weißes T-Shirt an, dann machten sie sich auf den Weg. Sie und Nicky kamen früh bei der Schulturnhalle an, um beim Aufbau zu helfen. Ihre Freundin Georgia Hannity begrüßte sie vor dem Tisch, auf dem bereits kleine Wannen mit Vanille-, Schoko- und Erdbeereis für die Kinder bereitstanden.

Georgia war die Leiterin der Eltern-Lehrer-Organisation und eine sehr warmherzige Person. Zudem war sie mit ihren blonden Haaren und den blauen Augen einfach hinreißend, es war nicht schwer, sie zu mögen.

»Hey!« Georgia umarmte Andi. »Schön, dich zu sehen.«

Andi lächelte. »Ich freu mich auch, dich zu sehen.«

»Wo ist Mark?«, erkundigte sich Nicky nach seinem gleichaltrigen Freund.

»Der hilft seinem Vater bei der Dekoration.« Georgia zeigte in den hinteren Bereich der Halle, wo ihr Mann Rick auf einer Leiter stand und Kreppbänder an der Wand anbrachte.

»Du hast echt Glück, einen Mann zu haben, der nicht nur zu Hause mit anpackt, sondern auch in der Schule«, meinte Andi lächelnd, während Nicky zu seinem Freund hinüberrannte.

»Stimmt, er ist eine gute Partie«, erwiderte Georgia. »Apropos *gute Partie*: Hast du den neuen Lehrer der Kinder schon gesehen?« Sie fächelte sich mit der Hand Luft zu. »Mr. Davenport ist echt heiß!«

Bei der Erwähnung von Kyles Namen stieg Andi eine leichte Röte ins Gesicht. »Ja, er sieht gut aus«, stimmte sie Georgia zu. Und das war noch untertrieben.

Georgie beugte sich vor. »Gerüchten zufolge ist er noch Single.«

»Ja, ist er. Und ich bin mit ihm aufgewachsen«, bekannte Andi. Georgia und ihr Mann waren erst vor Kurzem nach Rosewood Bay gezogen und damals nicht mit ihnen zur Schule gegangen.

»Also seid ihr Freunde? Oder mehr? Weil du vielleicht wissen solltest, dass jede alleinerziehende Mutter hier daran interessiert ist, ihn *näher kennenzulernen*, um es mal dezent auszudrücken.« Georgia war schon immer ziemlich direkt gewesen.

Der Gedanke an Kyle mit einer anderen Frau versetzte Andi einen eifersüchtigen Stich. Was völlig lächerlich war in Anbetracht dessen, dass sie überhaupt nicht zusammen waren und sie ihn abgesehen von ihrer einzigen Begegnung neulich jahrelang nicht mehr gesehen hatte.

Sie wollte jetzt wirklich nicht über Kyle reden. Und über sich und Kyle noch weniger. »Wie ist es dir denn in der Zwischenzeit ergangen?«, fragte sie ihre Freundin, um das Thema zu wechseln.

»Gut, wenn du das Magenvirus nicht dazuzählst, das letzte Woche bei uns daheim umging.« Angewidert verzog Georgia das Gesicht und äffte ein Würgen nach.

Andi nickte verständnisvoll. »Nicky hatte es sich auch eingefangen, hat mich angesteckt, und ich konnte zwei Tage nicht zur Arbeit.«

»Aber jetzt sind wir alle wieder gesund, stimmt's?«

Andi hob eine Hand und kreuzte die Finger. »Wollen wir hoffen, dass es so bleibt.« Jeder Elternteil hier konnte das wohl nachempfinden, dachte sie. »Wie kann ich jetzt helfen?«

Georgia schaute sich in der Halle um. »Hättest du Lust, Eis auszuteilen?«

»Was immer du brauchst.« Andi stellte sich hinter den Tisch und schnappte sich einen Eisportionierer aus Metall.

Kurz darauf verkündete Georgia, dass der Eisstand eröffnet sei, woraufhin sich eine Schlange davor bildete. Andi ackerte eine halbe Stunde, stieß den Portionierer in das harte Eis und gab es den Kindern, bis jemand kam, um sie abzulösen. Ihre Hände waren schon ganz klebrig und kalt, ihr Shirt war voller Flecken, aber die Kinder waren im Zuckerrausch und glücklich, was das Einzige war, das zählte.

Andi machte sich auf den Weg zu den Toiletten, um sich zu säubern, und schlängelte sich durch die Kinderschar, die in die Turnhalle geströmt war. Doch ein Blick auf die Schlange vor den Kinderklos sowie die Erinnerung an die winzigen offenen Kabinen genügte, dass sie ihre Meinung änderte und einen Abstecher zu den Damentoiletten in der Nähe des Hauptbüros machte, wo sie ihre Privatsphäre hätte und fünf Minuten Ruhe, bevor sie wieder in die Turnhalle zurückkehren würde.

Dort wusch sie sich zunächst die Hände mit Wasser und Seife, um die klebrige Eiscreme zu entfernen. Auch ihr T-Shirt hätte eine gründliche Reinigung bitter nötig gehabt, aber da ließ sich im Augenblick nichts machen. Also trocknete sie sich die Hände ab und verließ die Damentoilette wieder. Vor der Tür stieß sie mit einem kräftigen Männerkörper zusammen.

»Hoppla«, hörte sie eine bekannte Stimme sagen, gleichzeitig ergriffen Hände ihre Unterarme.

»Entschuldigung.« Sie klammerte sich an Kyle, um das Gleichgewicht wiederzufinden, und hielt sich an seinen festen Muskeln fest, die sich unter ihren Handflächen spannten.

Er roch nach einem waldigen Eau de Cologne, das auf ihre Sinne einstürmte und sie ihn in diesem Moment überdeutlich als einen begehrenswerten Mann wahrnehmen ließ. Es war schon Ewigkeiten her, seit ihr das passiert war.

Sie ließ ihn augenblicklich los und trat einen Schritt zurück. »Ich hatte nicht gedacht, dass sich noch jemand in diesem Teil der Schule aufhält.«

»Ich musste noch etwas aus meinem Klassenzimmer holen.«

»Bist du wegen der Eiscreme-Party hier?«, fragte sie.

Er nickte. »Ja, ich hab den Kindern versprochen, dass ich vorbeischaue.«

Unwillkürlich musste sie über sein Engagement lächeln. »Nicky wird sich jedenfalls wahnsinnig freuen, dich zu sehen. Du bist nämlich sein Lieblingslehrer.«

»Gut zu wissen.« Ein bezauberndes Grübchen erschien auf einer seiner Wangen, während er ein Grinsen unterdrückte. »Sieht ja ganz so aus, als hättest du ziemlich hart gearbeitet«, stellte er mit Blick auf ihr mit Schokoladen- und Erdbeereisflecken übersätes T-Shirt fest, woraufhin ihre Brustwarzen augenblicklich hart wurden. Sie bemerkte es, als sie an sich herunterschaute, und aufgrund ihres weißen T-Shirts war es unübersehbar.

Sie begegnete seinem Blick, ihr Gesicht glühte förmlich. Er streckte eine Hand aus, um sie zu berühren, zog sie dann jedoch schnell wieder zurück und runzelte die Stirn.

»Bereit, wieder in die Turnhalle zurückzugehen?«, fragte er schroff, offenbar unzufrieden mit sich, dass er sie auf *diese*

Weise wahrnahm. Ganz eindeutig wollte er sich keinesfalls noch länger mit ihr unterhalten.

Aber angesichts der Tatsache, dass ihr Sohn in seine Klasse ging und sie sich zwangsläufig wieder über den Weg laufen würden, wollte sie es nicht hinnehmen, dass er die Dinge zwischen ihnen so schwer machte.

»Bevor wir gehen – da ist etwas, worüber ich mit dir reden wollte«, sagte sie.

»Geht es um Nicky?«

Sie schüttelte den Kopf. »Nein, um uns.«

»Da gibt es nichts zu bereden.« Er drehte sich um und wollte gehen, aber sie griff nach seinem Arm. Wobei sie nicht auf die Hitzewallungen vorbereitet war, die sie bei dieser neuerlichen Berührung überkamen.

»Das wird ein langes Jahr, wenn wir die Vergangenheit nicht hinter uns lassen.«

Sein finsterer Gesichtsausdruck war entschieden unfreundlich. »Was willst du, Andi? Vertraulichkeiten austauschen und dass wir wieder beste Freunde werden? Du hast selbst dafür gesorgt, dass daraus nichts wird. *Hau ab und ruf mich nie wieder an* – das war ziemlich deutlich. Auch noch über zehn Jahre später.«

Bei der Erinnerung zuckte sie zusammen. Billy hatte damals neben ihr gestanden, als sie Kyle anrief, um ihm das zu sagen. Er hatte ihren Arm gepackt, und der subtile Schmerz, als er ihn ihr verdrehte, machte nur allzu deutlich, was er ihr und Kyle antun würde, sollte sie ihre Freundschaft und enge Verbindung zueinander nicht beenden.

»Aber du hast recht«, fuhr er fort, bevor sie etwas erwidern konnte. »Wir müssen irgendwie miteinander klarkommen, und das Mindeste, was ich tun kann, ist höflich zu sein. Wie geht es Nicky mit unseren Nachhilfestunden nach dem Unterricht? Fühlt er sich dadurch von den anderen Kindern abgesondert?«, erkundigte er sich mit besorgter Stimme, als es nun um ihren Sohn ging.

Es war zwar nicht mehr die Freundschaft von damals, wenigstens war er aber wieder freundlich zu ihr. Das wertete sie als einen kleinen Schritt.

»Eigentlich gefällt ihm die Aufmerksamkeit sogar. Und ich glaube, das Wissen, dass er etwas gegen sein Leseproblem unternimmt, tut ihm auch emotional gut.«

»Freut mich zu hören. Die erste Hürde ist genommen.«

»Genau«, stimmte sie ihm zu. »Wie gefällt es dir eigentlich, hier zu unterrichten?«

Langsam überzog ein Lächeln sein Gesicht – das erste echte Lächeln, das sie bis jetzt bei ihm gesehen hatte, und es betonte seine Attraktivität. Er war einfach sexy mit diesen goldbraunen Augen und kantigen Gesichtszügen.

»Ich liebe es. Die Kinder sind toll, ich lebe wieder in Strandnähe und habe meine Familie in der Nähe. Mehr kann ich wirklich nicht verlangen.«

»Das freut mich«, murmelte sie. Sie hatte bekommen, was sie wollte, nämlich dass sie wieder normal miteinander redeten. Auf mehr würde sie nicht drängen. »Und jetzt können wir wieder zurück zur Turnhalle gehen.«

Ohne auf eine Antwort zu warten, machte sie sich auf den Weg den Gang hinunter. Unverzüglich schloss er zu ihr auf und passte sich dann ihrem Schritttempo an. »Wie ist es dir denn in der Zwischenzeit ergangen?«, fragte er fast widerwillig.

Innerlich lächelte sie ein bisschen. »Gut. Ich war ziemlich beschäftigt. Früher hatte ich zwei Jobs – tagsüber im Blumenladen und am Wochenende abends als Hostess im Blue Wall. Aber dann bekam ich eine Beförderung im Blumenladen und konnte den Hostessen-Job an den Nagel hängen, um auch am Wochenende abends bei Nicky zu bleiben. Das war ungefähr vor einem Jahr. Seitdem ist es ruhiger bei mir geworden. Alles läuft soweit ganz gut.« Seit ihr Ex nicht mehr in der Stadt wohnte, verlief ihr Leben ohne allzu großen Stress, und alles, worüber sie sich Gedanken machen musste, war ihr normales Alltagsleben.

Sie erreichten den Gang vor der Turnhalle, wo jemand aus der Elternschaft gerade laut nach den Kindern rief, sie sollten zurück in die Haupthalle kommen. Kyle trat sofort hinzu, um dabei behilflich zu sein, die Kinder zusammenzutreiben. Diese gehorchten ihm und schlurften wieder zurück.

Nicky kam auf Andi zugerannt, während Kyle weitergegangen war und sich nun mit einer Frau unterhielt, die Andis Meinung nach viel zu nah bei ihm stand, um eine Kollegin sein zu können. Andi ignorierte den kleinen Stich von Eifersucht, den sie verspürte, während sie beobachtete, wie eine andere Frau Kyle aufmerksam zuhörte. Schließlich gehörte er ihr nicht. Und das wollte sie ja auch gar nicht, rief sie sich ins Gedächtnis.

Allerdings war sie sich auch höchst bewusst, dass er seit einer gefühlten Ewigkeit der erste Mann war, auf den sie physisch und emotional reagiert hatte. Das machte sie nervös. Denn nachdem Billy gegangen war, hatte sie sich versprochen, nie wieder auf das gute Aussehen und den Charme eines Mannes hereinzufallen – sogar wenn dieser Mann früher einmal ihr bester Freund gewesen war.

KAPITEL 2

Kyle dachte viel über Andis Worte nach, dass sie einander höflich und mit Respekt behandeln sollten. Zu hundertprozentigem Verzeihen war es zwar noch ein weiter Weg, aber er würde es schon hinbekommen sich zu benehmen, wenn sie sich begegneten. Was es um einiges leichter machte, als er wegen des Geburtstags seiner Mutter während seiner Mittagspause im Blumenladen vorbeikam, um einen Strauß zu bestellen.

Er betrat den Laden und ließ die Pflanzen, die von der Decke hingen, und die bunten Blumen, die im Laden verteilt waren, auf sich wirken. Er sah zunächst niemanden, erst als sein Blick nach links schweifte, erblickte er Andi. Sie stand auf einer Leiter und goss eine Hängepflanze. Sie trug enge Jeans, die ihre langen Beine und ihren sexy Hintern betonte, was unweigerlich seine Aufmerksamkeit auf sich zog. Er konnte gar nicht mehr wegsehen.

Er biss die Zähne zusammen und erinnerte sich daran, dass Höflich-zu-Sein nicht beinhaltete, sich zu ihr hingezogen zu fühlen. Also machte er auf sich aufmerksam. »Hi!«

Sie drehte den Kopf und hielt sich dabei an den Seiten der Leiter fest. »O! Hallo.« Vorsichtig kletterte sie die

Leiter runter und stellte die Gießkanne auf die Ladentheke. »Was führt dich her?«, fragte sie mit einem Lächeln.

»Meine Mom hat Geburtstag, und ich wollte ihr einen Blumenstrauß schicken lassen.«

»O, das ist aber eine nette Idee. Wie geht's ihr denn?«

»Gut. Sie hat sich von dem Sturz wieder vollständig erholt.«

Sie stützte sich auf die Ladentheke und beugte sich vor. »Das mit ihrem Unfall tut mir leid, und es freut mich, dass es ihr wieder besser geht. Sie ist bestimmt froh, dich jetzt wieder hier in Rosewood Bay zu haben.«

Er begegnete ihrem Blick und stellte fest, dass er tatsächlich höflich zu ihr sein konnte. Es war gar nicht so schwer, wie er gedacht hatte.

Er konnte sich ein Lächeln nicht verkneifen, als er an die Reaktion seiner Mutter auf seine Ankündigung dachte, dass er wieder nach Rosewood Bay zurückziehen werde. Sie hatte am Telefon so laut aufgeschrien, dass ihm fast das Trommelfell geplatzt wäre, und dann nach seinem Vater gerufen, er solle den anderen Hörer abheben. »Ich würde sagen, es war das Highlight des Jahres für sie.«

»Ich hab deine Mom immer sehr gemocht«, meinte Andi. »Sie war immer sehr nett zu mir, wenn wir uns in der Stadt mal zufällig über den Weg gelaufen sind.«

Kyles Mutter Darla hatte schon früher eine Schwäche für Andi gehabt, die als Siebzehnjährige ihre Mutter an Eierstockkrebs verloren hatte. Andis Mom war schon lange vorher krank gewesen, und Darla war in dieser Zeit wie eine zweite Mutter für sie gewesen, die einsprang, als Andis

Mom wegen ihrer Krankheit manches nicht mehr erledigen konnte. Als sich Kyles und Andis Wege trennten, hatte er seiner Mutter nie etwas über die Gründe erzählt, warum sie keine Freunde mehr waren, weil er nicht wollte, dass sie sich einmischte.

»Was sind denn ihre Lieblingsfarben?«, erkundigte sich Andi.

»Sie liebt strahlende und fröhliche Farben.«

»Ich kann etwas zusammenstellen, das sie lieben wird. Kein Problem! Willst du, dass die Blumen geliefert werden oder holst du sie selbst ab?«

»Liefern wäre gut ... wenn ihr das samstags auch macht?«

»Na klar. Mein Lieferjunge ist zur Arbeit eingeteilt.« Andi schnappte sich einen Bestellschein und schrieb sich alle Informationen auf, einschließlich der Adresse seiner Mutter.

Er zog sein Portemonnaie aus der Gesäßtasche und holte die Kreditkarte heraus. Während sie den Verkauf eintippte, schrieb er etwas auf die Begleitkarte und unterschrieb sie in seinem Namen und dem seines Bruders. Nachdem Andi alles eingegeben und das Geld kassiert hatte, unterschrieb er zum Abschluss noch den Bestellschein.

»Wie ist es eigentlich dazu gekommen, dass du hier arbeitest?«, fragte er, immer noch freundlich gestimmt. Sie hatte erwähnt, früher einmal zwei Jobs gehabt zu haben, was nicht einfach gewesen sein konnte, weil sie dazu ja auch noch alleinerziehend war. Er ging davon aus, dass ihre Familie viel mitangepackt haben musste, um sie zu unterstützen.

Sie zögerte kurz, bevor sie ihm seine Quittung reichte. »Als ich verheiratet war, habe ich nicht gearbeitet. Billy mochte das nicht ... Er wollte, dass seine Frau zu Hause bleibt.«

Er runzelte die Stirn bei diesem Geständnis, war allerdings auch nicht sonderlich überrascht. Billy war schon immer ein besitzergreifender Scheißkerl gewesen. Ab dem Moment, an dem Andi begann, sich mit dem Macho-Footballspieler zu treffen, bekam Kyle seine ehemals beste Freundin kaum noch zu Gesicht.

»Nach Billys Weggang brauchte ich einen Job, und Wendy Orr, die Besitzerin des Blumenladens, brauchte eine Angestellte.« Andi zuckte mit den Schultern, weil die Antwort so simpel war. »Anfangs bekam ich nur den Mindestlohn, aber immerhin hatte ich überhaupt eine Arbeit. Und natürlich keinerlei Erfahrung oder Qualifikationen für irgendetwas anderes. Und wie gesagt, habe ich eine Zeit lang auch noch als Hostess im Blue Wall gearbeitet.«

»Zwei Jobs zu haben, muss ganz schön hart gewesen sein.«

Sie nickte. »Ja, das war es wirklich. Aber Kane war ein toller Babysitter und mein Dad auch. Man tut eben, was man kann, um irgendwie über die Runden zu kommen.«

Er konnte die Müdigkeit in ihrer Stimme hören, und der Gedanke, dass sie vom Leben erschöpft war, machte ihn betroffen. Er bewunderte jedoch auch ihre Arbeitsmoral und ihr Engagement für ihren Sohn, etwas, das ihr Ex-Mann ganz offensichtlich nicht zeigte. Angesichts Billys Kontrollsucht war Kyle allerdings überrascht, dass der Mann seine Familie im Stich gelassen hatte. Andererseits war er schon immer faul gewesen, deshalb waren ihm die Verpflichtungen und die Verantwortung vielleicht auch einfach zu viel gewesen. Billy hatte Andi verlassen, die daraufhin zwei Jobs machen und ihr gemeinsames Kind allein aufziehen musste. Dieser bescheuerte, egoistische Mistkerl.

»Nicky hat echt Glück, dass er dich hat«, sagte Kyle.

Bei der Erwähnung ihres Sohnes leuchteten Andis Augen. »Es gibt nichts, das ich nicht für ihn tun würde.«

Und das war ihre beste Eigenschaft, dachte er. Er wusste selbst, wie es war, eine liebevolle Mutter zu haben, und hatte an Kindern, die nicht so viel Glück gehabt hatten, gesehen, welche Auswirkungen das haben konnte. Aber obwohl Nicky aus einer Scheidungsfamilie kam, würde er dank Andi keinen Schaden dadurch nehmen.

Ein anderer Kunde betrat den Laden, wodurch ihm auffiel, dass sie gerade ein ziemlich persönliches, aufschlussreiches Gespräch geführt hatten. Zwei alte Freunde holten Versäumtes nach, und er wunderte sich, wie sehr ihm das gefiel.

»Ich sollte jetzt lieber gehen.« Er klopfte mit den Fingerknöcheln auf die Ladentheke. »Vielen Dank für die Blumen.«

»Gern geschehen. Und Kyle ... mit dir zu reden war ... echt schön.«

Kyle senkte den Kopf, unfähig, dies zu bestreiten.

* * *

Andi sah Kyle nach, als er den Laden verließ, den Blick auf seinen sexy Hintern in der maßgeschneiderten Hose gerichtet. Es erschreckte sie, dass ihr so etwas überhaupt auffiel. Und am Ende noch erstaunter war sie darüber, dass sie während ihres Gesprächs nicht imstande gewesen war, ihren Blick von der Haarlocke loszureißen, die ihm in die Stirn fiel. Es hatte sie förmlich in den Fingern gejuckt, sie zurückzustreichen. War sein Haar so weich, wie es aussah? Und warum machte sie sich überhaupt Gedanken darüber? Was war eigentlich los mit ihr?

»Hallo, Andrea!«

Beim Klang ihres Namens blinzelte Andi und drehte sich zu ihrem nächsten Kunden um. Es war Edna Martin, eine reizende ältere Dame, die jede Woche in den Laden kam, um einen Strauß für das Grab ihres geliebten Ehemannes zu kaufen. Andi kannte Ms. Martin bereits durch ihren Vater, weil sie auch Kundin in seiner Werkstatt gewesen war, und sie kam ins In Bloom, um Blumen zu kaufen, seit Andi dort arbeitete. Ms. Martin war freundlich und liebenswürdig, und Andi vermutete, dass sie – weil ihr Vater Jonathan einen Hang zum Tratschen hatte – wahrscheinlich mehr über Andis Leben wusste, als ihr lieb war. Ihr Dad und Mr. Martin waren früher gute Freunde gewesen, und die ältere Dame hatte ein gutes Herz.

»Hi, Ms. Martin.«

»Wie geht es Ihnen heute?«, erkundigte sich Ms. Martin. Andi lächelte. »Gut. Und Ihnen?«

Die ältere Dame betätschelte ihr graues Haar. »Ich war gerade beim Friseur. Danach habe ich immer gute Laune.

Wer war denn dieser nette Gentleman, mit dem Sie sich eben unterhalten haben? Er kam mir irgendwie bekannt vor.«

Andi schluckte und hoffte, dass Ms. Martin nicht mitbekommen hatte, wie sie Kyle beim Rausgehen hinterhergestarrt hatte.

»Das war Kyle Davenport. Vielleicht kennen Sie seine Eltern? Henry und Darla? Sein Vater besaß früher das Eisenwarengeschäft.«

»Ach, ja! Natürlich. Er sieht genauso aus wie sein Vater. Gut aussehende Männer, alle beide. Finden Sie nicht auch?«

Andi errötete und nickte. »Ja, schon.« Und jedes Mal, wenn sie ihn sah, war sie regelrecht betroffen, wie attraktiv sie ihn fand.

In einem seiner üblichen Butten-down-Hemden, diesmal einem cremefarbenen, und der dunklen Hose hatte sie ihn heute schick und sexy zugleich gefunden.

Die ältere Frau seufzte. »Ich vermisse meinen Sam«, sagte sie über ihren verstorbenen Ehemann. »Wenn ich euch jungen Dingern einen Rat geben dürfte, dann diesen: Genießt jeden Tag mit dem Menschen, den ihr liebt, und seid dankbar dafür, denn man weiß nie, wie viel Zeit euch miteinander bleibt.«

»Das ist eine sehr schöne und wahre Aussage«, murmelte Andi. Sie hatte nur schlicht den Mann, den sie liebte, nie gefunden.

Als ihr damals klar wurde, welchen Riesenfehler sie mit Billy gemacht hatte, hatte er sie bereits fest im Griff gehabt. Unmittelbar nach dem Schulabschluss war sie dann auch schon schwanger geworden und hatte es dadurch verpasst, aufs College zu gehen. Stattdessen hatte sie sich an den Vater ihres Kindes gebunden, obwohl sie zu dem Zeitpunkt bereits Angst vor ihm gehabt hatte und den Mut hätte aufbringen sollen, ihn zu verlassen.

Sie seufzte. »Aber nicht jede findet den richtigen Mann«, rutschte es ihr heraus.

Weise, alte, blaue Augen sahen sie an. »Manchmal muss man einfach die Augen aufmachen und sehen, was direkt vor einem ist. Ohne sich von Angst einen Strich durch die Rechnung machen zu lassen.«

Ja, Ms. Martin wusste definitiv zu viel, dachte Andi. »Was kann ich denn heute für Sie tun? Das Übliche?«, fragte sie, obwohl die andere Frau niemals etwas anderes kaufte.

»Ja. Den gleichen Strauß wie immer für Sam.«

Andi hatte für ihre Stammkundin bereits alles vorbereitet und beiseitegelegt. Sie kassierte, bar wie immer, und überreichte Ms. Martin anschließend die Blumen. »Bitte schön.«

»Vielen Dank, meine Liebe. Bestellen Sie Ihrem Vater herzliche Grüße von mir. Es ist schon eine Weile her, seit ich ihn das letzte Mal gesehen habe.«

»Mache ich. Und ich wünsche Ihnen einen schönen Besuch bei Ihrem Ehemann«, erwiderte Andi, weil Ms. Martin ihr mal erzählt hatte, dass diese Besuche und Gespräche an Sams Grab immer eine erlösende Wirkung auf sie hatten.

Andi schaute der älteren Dame hinterher, als diese den Laden verließ. Ihr Herz war schwer, weil sie wusste, dass sie jede Chance auf eine glückliche Beziehung in ihrem Leben bereits aufgegeben hatte. Sie traute ihrem eigenen Urteilsvermögen nicht mehr, wenn es um das andere Geschlecht ging.

* * *

Der Rest der Woche verging wie im Flug, und schließlich wurde es Freitag und das dringend benötigte Wochenende brach an. Zwar liebte Kyle seine Schüler, er genoss die Pause am Samstag und Sonntag aber genauso sehr wie jeder andere auch.

Da er von nun an für immer in Rosewood Bay bleiben wollte, hatte er sich nach seiner Rückkehr ein Haus gekauft. Was aber nicht bedeutete, dass seine Mutter Darla nicht erwartete, dass er gelegentlich zum Essen vorbeikam. Und in Anbetracht seiner bescheidenen Kochkünste betrachtete er die sonntäglichen Abendessen bei seinen Eltern als einen der vielen Vorteile, wieder in Rosewood Bay zu wohnen.

In dieser Woche trafen sie sich allerdings am Samstag anstatt am Sonntag, um den Geburtstag seiner Mutter zu feiern. Kyle und sein Bruder hatten sie zwar eigentlich zum Essen ausführen wollen, aber Darla bestand darauf, die ganze Familie bei sich zu Hause zu haben. Also kam er am Nachmittag zu seinen Eltern und verbrachte zuerst ein wenig Zeit mit seinem Vater, bevor er anschließend in die Küche ging, wo ihn seine Mutter sogleich damit beauftragte, Salat zu schneiden, während sein Bruder Chase den Tisch deckte. Trotz Darlas inzwischen gut verheilter gebrochenen Hüfte, war ihr Gang langsamer geworden, da sie vorsichtiger in ihren Bewegungen war.

Als Kyle die Küche betrat, war seine Mutter gerade dabei gewesen, seinen Bruder Chase über dessen Sozialleben und sämtliche Frauen auszufragen, die dieser vielleicht daten könnte.

»Mom, machst du eigentlich noch deine Übungen?«, fragte Chase im Versuch, das Thema zu wechseln.

Seine Mutter nickte. »Nicht nur das, ich habe mich sogar für Schwimmkurse beim YMCA angemeldet. Der Arzt hat gesagt, das sei gut für die Gesamtkondition.«

»Klingt gut. Kannst du Dad nicht dazu bringen, mit dir dorthin zu gehen? Er könnte auch etwas mehr Bewegung brauchen«, meinte Kyle.

Seine Mutter lachte. »Das weißt du doch besser. Und jetzt hört auf, das Thema wechseln zu wollen, Jungs. Kyle, wie gefällt dir deine neue Klasse?«, fragte sie, während sie sich die Hände an einem Geschirrtuch abwischte.

»Die Kinder sind toll. Alles läuft prima.«

»Sind auch Kinder deiner alten Freunde darunter?«, fragte sie weiter.

Sein Blick schoss zu ihr. Wusste sie etwa, dass Andis Sohn in seiner Klasse war? Er bezweifelte, dass sie das genaue Alter des Jungen kannte und wusste, in welcher Klasse er war, aber er traute ihr durchaus so viel Neugier zu, auf diesem Wege die gewünschten Informationen aus ihm herauszubekommen. Er wollte eigentlich nicht mit ihr über Andi reden, aber wenn er Nicky jetzt nicht erwähnte und

Darla es irgendwann herausbekam, hätte er keine ruhige Minute mehr.

Er ließ den geschnittenen Salat in die Schüssel fallen und sah sie an. »Andi Harmons Sohn ist in meiner Klasse«, sagte er ohne irgendeine Reaktion darauf. Stattdessen nahm er eine gewaschene Tomate und begann sie zu schneiden.

»Na, das ist ja interessant.«

Chase, der sich auf einen Stuhl am Tisch gesetzt hatte, kicherte.

Kyle warf ihm einen bösen Blick zu.

»Wann wirst du sie mal sehen? Beim Elternabend?« Seine Mutter lehnte sich an die Küchentheke, höchst interessiert an diesem Thema.

»Darla, lass doch die Jungs in Ruhe!«, rief sein Vater aus dem Wohnzimmer, wo er in seinem Lehnsessel saß und fernschaute.

»Ist doch nur eine Frage!«, rief sie zurück.

Kyle seufzte. »Ich hab sie schon ein paarmal getroffen. Wir mussten einige Dinge wegen ihres Sohns besprechen. Und es war total in Ordnung, Mom. Schließlich sind wir beide erwachsen.«

»Du hast mir nie erzählt, was damals eigentlich zwischen euch beiden vorgefallen ist, was eure lange Freundschaft beendet hat. Aber sie hat mir immer leidgetan.«

»Sie hat ein Arschloch geheiratet«, klinkte sich jetzt Chase nicht gerade hilfreich in das Gespräch ein, auch wenn es natürlich der Wahrheit entsprach. »Schwer zu glauben, dass sie nicht wusste, worauf sie sich da einließ.«

»Nun, ich hatte immer das Gefühl, dass sie sehr einsam

ist«, entgegnete Darla. »Und Kyle war auch nicht der einzige Freund, den sie im Lauf der Jahre verloren hat. Ich glaube, sie hat für ihre Entscheidungen bezahlt. Und nicht in einer guten Weise.«

Kyle blickte von dem Messer in seiner Hand auf. Dieses Gefühl hatte er auch gehabt. Dennoch konnte er nicht anders, als so zu denken wie Chase, nämlich dass sie ganz bewusst ihre Entscheidungen getroffen hatte. »Sie kannte Billy gut genug, um zu wissen, was für ein Mensch er ist.«

»Jungs, ich habe euch zu mehr Mitgefühl erzogen! Nach dem zu urteilen, was ich gesehen habe, hatte er sie total unter Kontrolle. Von mit wem sie sich traf bis wohin sie ging. Und ich glaube, sie hat ihre Kleidung so gewählt, um ihre blauen Flecke zu verstecken.«

Kyle drehte es den Magen um. Er konnte einfach nicht glauben, dass Andi misshandelt worden war und er keine Ahnung gehabt hatte. »Wie bitte?«

Seine Mutter nickte traurig. »Du wolltest nie über Andi reden, deshalb habe ich auch nichts gesagt. Offensichtlich wollte sie nicht, dass irgendjemand es erfährt. Obwohl ich ihr immer gesagt habe, dass sie über alles mit mir sprechen kann, hat sie es nie getan.«

Der Gedanke, dass Billy die Hand gegen sie erhoben hatte, machte Kyle fuchsteufelswild. Gleichzeitig war er auch wütend auf sich selbst, weil er das Ausmaß dessen nicht erkannt hatte, was sie sich mit ihrem Ex eingebrockt hatte. Er war so sehr damit beschäftigt gewesen, verletzt und sauer auf sie zu sein, weil sie ihn abserviert hatte, dass er sich nie Gedanken über die Gründe dafür gemacht hatte. Natürlich waren sie damals noch sehr jung gewesen, und er hatte nicht genug Lebenserfahrung besessen, um überhaupt darauf zu kommen, dass Billy ihr wehtun könnte. Obwohl ihr Ex ein Fiesling gewesen war, war Kyle doch nie in den Sinn gekommen, Billy könnte gewalttätig sein.

»Scheiße.« Er ließ die Tomate in die Salatschüssel fallen, seine Stimmung war auf dem Tiefpunkt angelangt. Er konnte nicht mehr länger wütend darauf sein, dass sie ihre Freundschaft beendet hatte, wenn sie mit etwas hatte fertigwerden müssen, das weit über alles hinausging, das er sich je hätte vorstellen können.

Schweigend machte er den Salat fertig. Seine Mutter schien zu spüren, dass sie eine empfindliche Grenze überschritten hatte und er jetzt Zeit brauchte, um das Gehörte zu verarbeiten. Mittlerweile hämmerte sein Schädel wie verrückt, das Ganze fraß ihn innerlich förmlich auf.

Dann klingelte es plötzlich an der Haustür, was ihm eine willkommene Pause verschaffte. »Ich geh schon«, sagte er, denn er wollte jetzt nur noch an etwas anderes denken.

Hoffentlich waren es die Blumen, die er für seine Mutter bestellt hatte, die bislang noch nicht geliefert worden waren. Als er die Tür öffnete, stand allerdings Andi mit einem wunderschönen Blumenstrauß in der Hand davor.

»Kyle!«, entfuhr es ihr. Anscheinend war sie genauso überrascht ihn zu sehen wie umgekehrt. »Hier wie versprochen die Lieferung.«

Er nahm ihr die Blumen aus der Hand – Herbstfarben, orange, gelb und tiefrot. »Sie sind wunderschön. Vielen

Dank. Ich dachte, du hättest einen Lieferjungen, der sich darum kümmert?«

Sie seufzte. »Das dachte ich auch, aber er hat mich heute sitzen lassen. Ich habe noch eine Siebzehnjährige, die gerade im Laden die Stellung hält. Auslieferungen gehören nicht zu ihrem Job, deshalb erledige ich das heute selbst.«

Sie arbeitet wirklich hart, dachte er und fragte sich, wie sie es schaffte, auch noch Zeit mit ihrem Sohn zu verbringen. Bei dem Gedanken, dass sie bis zur Erschöpfung arbeitete, während ihr Ex-Mann Gott weiß wo steckte, zog sich sein Herz zusammen. Stadtgerüchten zufolge hatte Billy sich mit einer der reichen Sommer-Besucherinnen von Rosewood Bay aus dem Staub gemacht und seine Familie zurückgelassen.

»Danke, dass du dafür gesorgt hast, dass meine Mutter die Blumen wie versprochen bekommt.« Sollte er ihr ein Trinkgeld geben? Irgendwie war das peinlich, und er hatte das Gefühl, dass er es nicht tun sollte, aber sie arbeitete schließlich so verdammt hart für alles, was sie hatte. Also griff er in seine Tasche und zog die Geldklammer heraus, aber noch bevor er Scheine herausziehen konnte, blickte Andi darauf hinunter und begriff, was er vorhatte.

»Kyle, bitte nicht«, sagte sie, ihre Wangen rot vor Scham.

»Kyle, wer ist denn da?« Seine Mutter kam aus der Küche und beendete damit die unangenehme Unterhaltung. Ihre Augen wurden größer und leuchteten beim Anblick der Blumen. Und dann bemerkte sie Andi, und ihr fröhliches Lächeln wurde sogar noch breiter. »Andrea! Wie schön, dich zu sehen!«

»Hi, Ms. Davenport. Alles Gute zum Geburtstag!«

»Nenn mich Darla, nicht Ms. Davenport. Das sag ich dir jedes Mal, wenn wir uns sehen.« Dann eilte sie zu Andi und schloss sie in die Arme.

»Ich habe dir nur deine Blumen gebracht. Ich hoffe, sie gefallen dir«, sagte Andi und drehte sich schon um, um wieder zu gehen.

»Warte. Komm doch rein, dann können wir noch ein bisschen plaudern.«

Andi schüttelte den Kopf. »Ich kann wirklich nicht. Danke, aber ...«

»Blödsinn.« Hartnäckig wie immer griff Darla nach Andis Hand und drängte sie dazu, mit ihnen ins Haus zu gehen.

»Mom, Andi muss noch arbeiten.«

»Sie wird doch wohl ein paar Minuten Zeit haben, um sich mit alten Freunden zu unterhalten.« Darla ließ Andi nicht mehr los und führte sie in die Küche.

Andis Blick begegnete Kyles. »Tut mir leid«, formte sie lautlos mit den Lippen, offensichtlich glaubte sie, er wolle sie nicht hier haben.

Zu seiner eigenen Überraschung machte es ihm jedoch überhaupt nichts aus, dass sie blieb, auch wenn seine Mutter natürlich ihre Wünsche hätte respektieren und sie hätte gehen lassen müssen. Aber dann wäre sie nicht seine ihn liebende, wenn sich auch manchmal ziemlich einmischende Mom gewesen.

Er folgte Andi und Darla in die Küche, wobei sein Blick auf Andis enge Jeans und ihren sexy Hüftschwung bei jeder ihrer Bewegungen fiel. Dabei war sie sich ihrer Anziehungskraft überhaupt nicht bewusst, genauso wie damals als Teenager, obwohl sie früher kontaktfreudiger und fröhlicher gewesen war. Heute war sie zurückhaltender, ihre Ehe hatte sie anscheinend ziemlich verändert und – worauf auch schon seine Mutter hingewiesen hatte – nicht in positiver Hinsicht.

»Kann ich dir etwas zu trinken anbieten? Ich hab Limonade im Kühlschrank«, bot Darla Andi an.

»Ist schon in Ordnung, ich kann wirklich nicht lange bleiben«, erwiderte Andi, aber Darla ging trotzdem zum Kühlschrank und schenkte ihr etwas ein.

»Mom, ich leg die Blumen neben das Spülbecken«, sagte Kyle.

Er stellte fest, dass sich Chase inzwischen verdrückt hatte, vermutlich schaute er mit seinem Vater fern und schickte ein Dankesgebet zum Himmel, dass sich seine Mutter jetzt nicht mehr in sein, sondern in Kyles Leben einmischte.

»Die Blumen sind wunderschön. Hast du sie selbst zusammengestellt?«, erkundigte sich Darla.

Andi nickte, nahm einen Schluck von ihrem Getränk und fuhr sich dann mit der Zunge über die feuchten Lippen. Kyle zwang sich, woanders hinzusehen. Blumen. Schau dir die verdammten Blumen an.

»Wendy, die Besitzerin des Blumenladens, hat mir beigebracht, wie man sie arrangiert.« Andi zeigte auf die Blumen.

»Tja, du hast wirklich Talent dafür, so viel steht fest. Findest du nicht auch, Kyle?«

»Ja, stimmt«, bestätigte er und meinte es auch so.

Seine Mutter ging zu dem Blumenstrauß und roch daran. »Sie duften herrlich.«

»Freut mich, dass sie dir gefallen«, erwiderte Andi und stellte ihr Glas auf die Küchentheke. »Also ich sollte jetzt dann mal …«

»Lass mich noch schnell Henry holen und ihm den tollen Strauß zeigen«, fiel ihr Darla ins Wort, Andis Aufbruchsversuch einfach ignorierend. Sie drehte sich um und lief hinaus zum Wohnzimmer, Andi und Kyle ließ sie allein zurück.

Er sah sie an und konnte sich ein Grinsen nicht verkneifen. »Sie ist so subtil wie eine Dampfwalze. Tut mir echt leid. Aber ich kann dich rausschmuggeln, bevor sie zurückkommt.«

Andi lachte, was alte Erinnerungen an die Zeiten zurückbrachte, in denen sie noch ungezwungen miteinander umgegangen waren und sich in der Gegenwart des anderen wohlgefühlt hatten. Jetzt konnte er sich eingestehen, dass er diese Zeiten vermisste, und er versuchte den alten Schmerz der Zurückweisung zu verdrängen, der wieder an die Oberfläche kommen wollte. Schließlich wusste er nun, dass es da mehr gab, was sie durchgemacht hatte.

»Höflichkeitshalber sollte ich mich vorher aber noch von ihr verabschieden«, entgegnete Andi.

»Vertrau mir, sie wird dich niemals einfach so gehen lassen. Komm.« Und da Andi wirklich wieder zurück in den Laden musste, ließ sie sich von ihm zur Tür bringen. »Hör mal, wenn du das nächste Mal kommst, um Nicky abzuholen, könnten wir drei dann noch ein paar Dinge besprechen?«

»Na klar. Das nächste Mal komm ich am Dienstag, um ihn abzuholen.« Sie lächelte. »Es war nett, dich und deine Mutter zu sehen.«

»Und vielen Dank für die Blumen, sie sind wirklich wunderschön.« Genau wie Andi, dachte er. Er konnte einfach nichts dagegen tun, dass er sich zu ihr hingezogen fühlte.

Sie lächelte. »Noch mal danke! Und sag deiner Mutter, dass ich ihre Gastfreundschaft sehr zu schätzen wusste, aber wirklich unbedingt wieder zurück in den Laden musste. Ich will nicht, dass sie mich für unhöflich hält.«

»Ich werde es ausrichten, und wir sehen uns dann am Dienstag.«

»Super!« Sie senkte den Kopf und ging hinaus.

Mit einem Anflug von Sehnsucht blickte er ihr nach, Alarmglocken schrillten in seinem Kopf. Er hatte ihr schon einmal gehört, aber damals hatte sie ihm das Herz aus der Brust gerissen. Das konnte er nicht wieder zulassen, aber jedes Mal, wenn er sie sah, wurde er ihr gegenüber nachgiebiger.

* * *

Nach einem arbeitsreichen Tag im Blumenladen, an dem sie einem Pärchen dabei geholfen hatte, seine Verlobungsfeier zu planen, sowie ein Beerdigungsgesteck angefertigt und einige Geburtstagssträuße gebunden hatte, war Andi fix und fertig. Jetzt musste sie noch Nicky von der Schule abholen, sich mit Kyle treffen und sich dann noch etwas fürs Abendessen ausdenken.

Sie betrat das Schulgebäude, meldete sich beim Security-Posten an und ging dann zu Kyles Klassenzimmer. Dort sah sie ihn neben Nicky sitzen, völlig konzentriert auf ihren Sohn, der gerade etwas vorlas. Kyle legte einen seiner muskulösen Unterarme auf die Rückenlehne eines Stuhls, mit der anderen Hand deutete er auf das Blatt, von dem Nicky gerade etwas ablas. Sie beobachtete die beiden, und bei dem Anblick wurde ihr ganz warm ums Herz. Auch wenn ihr klar war, dass Kyle nichts anderes als seinen Job machte, war es doch immerhin ihr Baby, dem er da half. Und jedes Mal, wenn sie Kyle begegnete, begannen in ihrem Inneren Dankbarkeit und Verlangen miteinander zu ringen.

Sie räusperte sich, um sich bemerkbar zu machen.

Nicky schaute auf und lächelte, als er sie sah. »Hey, Mom!«

»Hi«, sagte Kyle, der ebenfalls aufblickte. Sein sexy Mund verzog sich zu einem Lächeln, und sein Blick wurde wärmer, während er über sie glitt.

»Hi.« Sie betrat den Raum und blieb vor den Schultischen stehen, an denen sie saßen. »Wie läuft's?«

»Super! Wir haben an meinem Lesen gearbeitet.« Nicky begann seine Arbeitsblätter auf dem Tisch einzusammeln.

»Ich bin wirklich zufrieden über seine Fortschritte«, lobte Kyle ihren Sohn.

Nicky ging zur Rückwand des Klassenzimmers und packte dort seine Jacke und Bücher zusammen.

»Du wolltest reden?«, fragte sie Kyle.

»Ich habe ihm *Harry Potter* als Lektüre vorgeschlagen. Ich

hoffe, dass es ihn zum Lesen animiert, und ich kann ihm bei Verständnisfragen helfen, wenn er nach dem Unterricht hier bei mir ist.«

Sie nickte. »Na klar, ich bin mit allem einverstanden, was du vorschlägst.« In Rosewood Bay gab es keine Buchhandlung, deshalb würde sie ein Exemplar im Internet bestellen.

»Mom, ich bin am Verhungern«, meldete sich Nicky, während er, seinen Rucksack über die Schulter geworfen, auf sie zugeschlittert kam und vor ihr stehen blieb.

»Was hältst du davon, wenn wir vor dem Heimfahren irgendwo eine Pizza essen gehen, auch wenn's dafür eigentlich noch ein bisschen früh ist?«, fragte Andi ihren Sohn. Heute Abend hatte sie keine Energie mehr, um noch etwas zu kochen, und sie hatte heute Morgen auch nichts in den Schongarer getan.

»Super!«, freute sich Nicky, eindeutig begeistert von der Idee.

Sie blickte zu Kyle, der zum Lehrertisch gegangen war und seine Sachen in einem Matchbeutel verstaute. »Möchtest du uns vielleicht begleiten?«, fragte sie ihn. »Mir ist klar, dass es noch nicht mal fünf ist, aber es gibt Abende, an denen ich mir sage, mich einfach mal treiben zu lassen, und heute ist so einer. Geht auch auf meine Rechnung.« Sie schenkte ihm ein einladendes Lächeln.

Das war das Mindeste was sie tun konnte für die Mühe, die er sich mit Nicky machte. Sie sagte sich, dass sie dasselbe auch für jeden anderen von Nickys Lehrern tun würde, aber das schnelle Pochen ihres Herzens drohte diese Behauptung Lügen zu strafen. In Wirklichkeit wollte sie Zeit mit ihm verbringen, um Versäumtes nachzuholen und vielleicht sogar ihre Freundschaft wieder aufleben zu lassen.

Kyle zögerte, offensichtlich unschlüssig, was er antworten sollte. In seinem Elternhaus war er herzlicher gewesen, hatte entspannter und lockerer auf sie reagiert, und sie hoffte, darauf aufbauen zu können.

»Ach, kommen Sie schon, Mr. D. Das wär echt cool!«, unterstützte Nicky ihre Einladung.

Kyles Blick wanderte von Andi zu ihrem Sohn. »Na schön, warum nicht? Ich treffe euch dann in Rosa's Pizzeria in der Stadt.«

»Klingt super!«

Andi und Nicky begaben sich zum Auto. Die ganze Fahrt in die Innenstadt redete er ununterbrochen darüber, wie begeistert er sei, mit Mr. D. auszugehen – das war der Spitzname der Kinder für ihren Lehrer. Kyle hatte eine Art, mit ihm umzugehen, durch die Nicky sich nicht ausgeschlossen oder anders als seine Klassenkameraden fühlte, weil er Nachhilfe brauchte. Er war, was seinen Vater anging, viel zu kurz gekommen, aber seit Billy weg war, war ihr Bruder Kane ein verlässliches männliches Vorbild für Nicky gewesen; und jetzt gab es mit Kyle noch einen weiteren Mann, zu dem er aufschauen und von dem er etwas lernen konnte. Bei dem Gedanken wurde ihr warm ums Herz.

In der Pizzeria setzten sie sich an einen Tisch und warteten auf Kyle. Das Restaurant war aufgrund der frühen Uhrzeit noch ziemlich leer. Als er schließlich kam, setzte er sich zu ihnen in die Nische. »Ich liebe Pizza Hawaii«, erklärte ihm Nicky. »Und Sie?«

»Was ist denn da drauf?«, fragte Kyle.

Andi biss sich auf die Innenseite ihrer Wange. Hawaii-Pizza war etwas speziell. »Ananas und Speck. Oder Schinken, aber Nicky mag seine lieber mit Speck«, antwortete sie. »Ich glaube, es ist diese Kombination von süß, sauer und salzig, was ihm daran so gut gefällt.«

Angewidert verzog Kyle das Gesicht. »Ich denke, ich verzichte.«

»Sie müssen sie aber wenigstens mal probieren«, meinte Nicky. »Kann ich jetzt gehen und bestellen, Mom?«

»Magst du immer noch Champignons und Zwiebeln auf deiner Pizza?«, fragte Andi Kyle.

Er blinzelte, als sei er überrascht, dass sie sich noch daran erinnerte. »Ja.«

»Bestell eine große – halb Hawaii, halb Champignons und Zwiebeln«, sagte sie zu Nicky. »Und eine Karaffe Cola light?«, fragte sie Kyle, der nickte.

»Jemand sollte mal ein ernstes Wörtchen mit den Hawaii-anern über ihren Pizzabelag reden«, murmelte er.

»Eigentlich stammt die Idee aus Kanada.«

Fragend hob Kyle eine Augenbraue.

»Hab ich mal bei *Jeopardy* gesehen«, erklärte Andi grinsend.

»Alles klar.« Nicky hüpfte zurück zu ihrem Tisch und rutschte auf den Platz neben seine Mutter. »Mom, woher wusstest du eigentlich, was Mr. D. auf seiner Pizza mag?«, fragte ihr kluger Junge. Offensichtlich hatte er ihre Frage mitbekommen.

»Wir ... wir sind zusammen aufgewachsen«, sagte sie.

»Deine Mom und ich waren früher mal richtig gute Freunde«, erzählte Kyle. »Bevor ich wegen dem College weggezogen bin.« Seine goldbraunen Augen sahen Andi an, und sie wechselten einen wissenden Blick.

Bevor sie ihn weggestoßen hatte. Aber er bewahrte ihren Sohn davor zu erfahren, auf welche Art Andi etwas so Wertvolles kaputtgemacht hatte, und sie wusste sein Feingefühl zu schätzen.

»Cool!«, entfuhr es Nicky. »Du hast mir gar nicht erzählt, dass ihr zwei euch schon vorher kanntet.«

»Es hat sich nie ergeben«, murmelte Andi. »Ich hab übrigens gehört, dass du *Harry Potter* lesen wirst. Was hältst du davon, wenn ich es auch noch mal lese? Dann können wir auch zu Hause darüber reden.«

»Ja, gute Idee«, erwiderte Nicky.

Kyle warf ihr einen freundlichen Blick zu und nickte anerkennend. Offenbar fand er, dass sie mit Nickys Leseproblemen richtig umging, und das freute sie.

»Wie war meine Mom eigentlich früher, als sie jünger war?«, fragte Nicky völlig unerwartet und überraschte sie damit.

Kyle schloss kurz die Augen. »Na ja, mal überlegen. Also, sie war lustig und fröhlich und lachte viel.«

Nicky zog die Nase kraus. »Das klingt aber gar nicht nach meiner Mom. Du bist immer so ernst.« Die Worte trafen sie wie ein Schlag in die Magengrube.

Sah ihr kleiner Junge sie etwa so? Dass sie immer ernst war, nicht lachte oder ihr Leben genoss? Das war jedenfalls nicht der Eindruck, den sie ihm vermitteln wollte. Aber die Wahrheit war, dass sie schon vor einer ganzen Weile die Leichtigkeit des Seins verloren hatte, und dafür konnte sie nur Billy – aber auch sich selbst – verantwortlich machen.

»Es ist nicht leicht, eine Mutter oder ein Vater zu sein«, sprang Kyle in ihr Schweigen ein. »Deine Mom hat eine Menge Verantwortung.«

Sie war dankbar für Kyles Erklärung, versprach sich aber insgeheim, von nun an in Nickys Gegenwart mehr zu lächeln und zu lachen. »Ein Erwachsener zu sein ist ganz anders, als ein Kind zu sein«, stimmte sie Kyle zu. »Aber ich bin dafür, dass wir ab jetzt mehr Spaß miteinander haben sollten.«

Nicky grinste. »Tolle Idee!«

Kurz darauf brachte eine Kellnerin ihre Pizza, was glücklicherweise zu einem Themenwechsel führte. Sie unterhielten sich über Football und die New England Patriots, und Nicky ermutigte Kyle dazu, ein Stückchen von seiner Pizza Hawaii zu probieren, was dieser gut gelaunt tat. Allerdings schmeckte sie ihm nicht besonders.

»Kyle? Davenport!« Ein Mann kam plötzlich auf ihren Tisch zu, den Andi als Ryan Mueller wiedererkannte. Er war einer von Kyles alten Highschool-Freunden, mit dem auch Andi befreundet gewesen war. »Ich hab schon gehört, dass du wieder in der Stadt bist.«

»Hey, Ryan!« Kyle schob sich aus der Nische und schüttelte die Hand seines alten Freundes. »Ist ja schon verdammt lang her. Was hast du in der Zwischenzeit so getrieben?«

»Ich bin Anwalt, und du?«

»Lehrer. Nicky hier ist einer meiner Schüler. Und du erinnerst dich bestimmt auch noch an Andi Harmon?«

Ryan fuhr sich mit einer Hand durch sein blondes Haar und nickte. »Andi! Wo hast du dich denn die ganze Zeit versteckt?«

»Ich war mit meiner Arbeit im Blumenladen und natürlich auch mit diesem jungen Herrn hier beschäftigt.« Sie deutete auf Nicky, der Cola trank und der Unterhaltung der Erwachsenen keine Beachtung schenkte.

»He, ich kriege am Sonntag Besuch von ein paar Leuten, wir wollen uns das Football-Spiel anschauen«, sagte Ryan. »Warum kommt ihr zwei nicht auch? Ich bin jetzt übrigens mit Nina Jones zusammen, ihr beide standet euch früher doch sehr nah, Andi. Ich bin sicher, dass sie dich sehr gerne wiedersehen würde.«

Sie biss sich in die Innenseite ihrer Wange. »O, ich weiß nicht so recht. Ich hab doch Nicky und ...«

»Sonntag geh ich doch zu Onkel Kane, um mir das Spiel anzuschauen. Weißt du nicht mehr, Mom?« Offensichtlich hatte sie sich geirrt, und Nicky hatte ihnen doch zugehört.

»Ach ja, stimmt.« So viel zu dieser Ausrede. »Ich schätze die Einladung wirklich ...«

»Super! Wir freuen uns schon auf dich!« Ryan zog demnach den voreiligen Schluss, dass sie kommen würde. »Und du, Kyle? Was ist mit dir?«

»Liebend gern!«, erwiderte Kyle lächelnd. »Ich freu mich schon drauf, uns gegenseitig auf den neuesten Stand zu bringen.«

»Old Mill Road 25. So gegen vier. Bis dann!« Daraufhin drehte sich Ryan um und ging wieder zurück zur Theke, wo er dabei gewesen war, sich etwas zu bestellen.

»Ich nehme an, wir gehen am Sonntag also zu einer Football-Party.« Kyle ließ seine Schultern kreisen, wobei er verführerisch seine Muskeln spielen ließ. »Ich hab noch nicht viele Leute getroffen, seit ich wieder hier bin. Ich freu mich jedenfalls schon darauf, wieder an ein paar alte Freundschaften anzuknüpfen.«

Andi hingegen fühlte sich nicht besonders wohl bei dem Gedanken an Small Talk und alte Bekannte. Seit der Highschool hatte sie keine engen Freundinnen mehr. Während ihrer Ehe mit Billy hatte sie immer das Gefühl gehabt, dass andere Leute sie anstarrten und sich über die langen Ärmel wunderten, mit denen sie ihre blauen Flecke versteckt hatte, und dass sie sich darüber im Klaren waren, dass sie sich absonderte, und neugierig auf den Grund dafür waren. Obwohl es bereits zwei Jahre her war, seit sich Billy aus dem Staub gemacht hatte, blieb sie trotzdem nach wie vor lieber für sich, um keine Fragen über Dinge beantworten zu müssen, über die sie nicht sprechen oder die sie sich nicht eingestehen wollte.

Aber diesen Sonntag würde sie zu einer Football-Party gehen und versuchen, wieder in die Welt der Erwachsenen zurückzukehren – mit lediglich Kyle als ihrem Anker.

KAPITEL 3

Andi überlegte sich alle möglichen Ausreden, um nicht zu der Party gehen zu müssen. Sie hatte Nina und ihre anderen ehemaligen Freunde seit ihrer Zeit mit Billy nicht mehr gesehen – ein weiteres Opfer, das sie ihren schlechten Entscheidungen zu verdanken hatte. Doch letzten Endes wusste sie, dass sie jetzt ein großes Mädchen sein musste, das hingehen würde. Was für ein Vorbild wäre sie sonst für ihren Sohn, wenn sie einen Rückzieher machte? Das Schlimmste, was passieren konnte, war, dass irgendwer sie nach Billy fragte. Und damit käme sie schon irgendwie klar. Jedenfalls hoffte sie das. Sie zog sich Jeans, ein New Englands Patriots-Trikot und Sneakers an. Ein kurzer Blick in den Spiegel verriet ihr, dass ihre Haare vorzeigbar waren. Sie trug nur wenig Make-up auf, dann war sie bereit zu gehen. »Komm schon, Nicky! Ich bring dich auf dem Weg zu meiner Party zu Onkel Kane und Tante Halley.«

Nicky kam angerannt, er trug ebenfalls ein Trikot und eine Igelfrisur, seine Haare standen in alle Richtungen ab, so wie er es mochte. Sie verkniff sich ein Grinsen, denn sie wusste, dass sie ihm nicht sagen durfte, dass sie ihn niedlich fand.

»Fertig! Kann ich bei Onkel Kane zum Abendessen bleiben?«

Sie nickte, dankbar, dass ihr Sohn Kane als männlichen
Einfluss in seinem Leben hatte. Als Nickys Vater noch bei
ihnen gewohnt hatte, war er alles andere als ein gutes Vorbild gewesen. Ständig hatte er Nicky niedergemacht, war
ihm gegenüber aber glücklicherweise zumindest nicht
handgreiflich geworden, das hatte er sich für Andi auf-
gespart. Wenn er ihr Kind angerührt hätte, dann hätte sie
ihn verlassen – wenigstens wollte sie das glauben.

Sie schüttelte den Kopf, als sie daran zurückdachte,
und kam dann noch einmal auf Nickys Frage zurück. Das
Spiel begann um vier und würde bis nach dem Abendessen
dauern. »Ja, ich hol dich ab, wenn das Spiel vorbei ist.«

»Wird Opa auch da sein?«

»Keine Ahnung.« Jonathan war rückfällig geworden und
spielte wieder, daher wusste sie nicht, wann er wo sein
würde. Das galt besonders für die Wochenenden, was nur
einer der Gründe dafür gewesen war, warum sie mit Nicky
in eine eigene Wohnung gezogen war, nachdem sie ihr ganzes Leben im Haus ihres Vaters gewohnt hatte, in dem sie
auch aufgewachsen war.

Bei dem Gedanken an seine Spielsucht krampfte sich ihr
der Magen zusammen, aber sie hatte längst akzeptiert, dass
sie nichts daran ändern konnte. »Deine Hausaufgaben hast
du alle fertig, oder?«, fragte sie Nicky – Themenwechsel.

»Ja, und ich hab auch schon das erste Kapitel von *Harry
Potter* gelesen.«

»Dann können wir ja los.«

Sie fuhr ihn zum Strandhaus ihres Bruders, brachte ihn rein und plauderte noch ein bisschen mit Kane und Halley, bevor sie zu Ryan weiterfuhr. Am Straßenrand standen bereits einige Autos, was ihr verriet, dass sie nicht die Erste war. Sie sah auch Kyles Ford Explorer, der neben dem Briefkasten parkte. Als sie seinen Wagen sah, entspannte sie sich ein wenig, da sie jetzt wusste, dass sie zumindest ein bekanntes freundliches Gesicht dort drinnen erwartete.

Dank ihres gemeinsamen Pizza-Abendessens hatte sie das Gefühl, als sei das Eis zwischen ihnen wenigstens ein bisschen aufgetaut, und selbst wenn er wegen der Vergangenheit immer noch sauer auf sie sein sollte, hatten sie es dennoch hingekriegt, zumindest wieder gesittet miteinander umzugehen. Und heute Abend war sie auf seine Unterstützung angewiesen.

Sie holte tief Luft, ging zur Haustür und klingelte. Eine bekannte hübsche Brünette mit dunkelbraunen Augen öffnete die Tür. »Andi! Ryan hat mir schon erzählt, dass du heute auch kommst. Ich hab mich total gefreut, dass ihr euch zufällig über den Weg gelaufen seid!«

»Hi, Nina. Schön, dich zu sehen. Du siehst toll aus.«

Nina lächelte. »Danke. Du aber auch. Komm doch rein! Ein paar der Mädels von früher sind auch schon da.« Sie führte Andi in die Küche, vorbei am Wohnzimmer, in dem sich die Männer bereits für das Spiel versammelt hatten.

»Hey, alle zusammen! Schaut mal, wer hier ist«, rief Nina in die Runde.

Die Frauen blickten in ihre Richtung. »Hi«, begrüßte Andi sie und winkte etwas unbeholfen.

»Ihr kennt euch ja«, sagte Nina. »Ist nur schon eine Weile her.«

Andi nickte. Auch wenn sie nicht Kontakt zu den hier anwesenden Frauen gehalten hatte, ließ es sich in einer Kleinstadt wie Rosewood Bay nun mal nicht vermeiden, über den Buschfunk etwas über Bekannte zu erfahren oder ab und zu jemandem zufällig über den Weg zu laufen. Sie wusste, dass einige der Frauen mittlerweile verheiratet waren, andere waren noch Single, und eine war wie Andi geschieden.

»Andi, wie ist es dir ergangen?«, fragte Cynthia Colson, eine hübsche Rothaarige.

»Ich war ziemlich beschäftigt, mein Sohn ist gerade in die vierte Klasse gekommen, und tagsüber arbeite ich. Aber es läuft alles so weit ganz gut. Wie geht's dir denn?«

»Ich habe mich vor Kurzem verlobt!« Cynthia wedelte mit ihrer Hand, damit alle ihren Ring sehen konnten, dessen Stein eine ansehnliche Größe hatte. »Mit Daniel Scott.«

»Herzlichen Glückwunsch!«, gratulierte ihr Andi. Sie erinnerte sich noch an Daniel aus Highschool-Zeiten. Er war ein ruhiger Typ mit einem guten Sinn für Humor gewesen. »Was macht er heute beruflich?«

»Er ist Finanzbeamter in derselben Bank, in der ich als Kassiererin arbeite. Aber das weißt du ja, weil du Kundin bei uns bist. Eines Abends sind wir uns bei einer Betriebsfeier nähergekommen ... und so ist es dann halt passiert.«

»Ich freu mich für dich«, sagte Andi.

»Ich hab gehört, du bist geschieden«, meinte Cynthia, die immer noch ihren Ring betrachtete.

Andi biss sich auf die Innenseite ihrer Wange, es überraschte sie nicht, dass dieses Thema angesprochen wurde. »Ja, wir sind inzwischen schon seit fast zwei Jahren getrennt.«

»Das ist hart«, erwiderte die frisch verlobte Cynthia. »Schließlich heiratet keiner in der Erwartung, dass die Ehe irgendwann mal vorbei ist. Ich kann mir das nicht mal vorstellen.« Sie sprach, als wolle sie Andis Pech von ihrem eigenen Leben abwehren. »Andererseits würde ich mich auch von meinem Mann trennen, wenn er während meiner Schwangerschaft mit Maya Dane geschlafen hätte.«

Andi kniff die Augen zusammen. Cynthias Worte trafen sie mit der Wucht eines Güterzugs. »Entschuldige, aber was hast du da gerade gesagt?« Jetzt konnte sie also auch noch *Fremdgehen* auf Billys Sündenregister setzen? Während sie mit seinem Sohn schwanger gewesen war?

Der kalte Schweiß brach ihr aus, und sie kam sich vor wie die dumme, nichts ahnende Ehefrau. Als er damals sein sexuelles Interesse an ihr verlor, war sie erleichtert gewesen. Ihre Schwangerschaft war nicht einfach gewesen, und Billys Charakter machte ihn zu einem Menschen, den sie nicht mal an einem seiner guten Tage um sich haben wollte. Sie hatte gewusst, dass er ausging, um einen trinken zu gehen, sie hatte aber niemals gedacht, dass er sie betrog.

Nina registrierte Andis entsetzten Blick und ihre weit aufgerissenen Augen. »Hey, lasst uns jetzt mal rüber ins Wohnzimmer gehen. Das Spiel hat angefangen.« Sie griff nach Andis Hand und zog sie von der ahnungslosen und äußerst taktlosen Cynthia weg.

»Andi, warte!«, rief Janie Hudson, mit der Andi in der Highschool eng befreundet war.

»Sicher, dass bei dir alles okay ist?«, erkundigte sich Nina.

Andi nickte. »Alles gut. Kein Grund zur Sorge, aber danke, dass du nachgefragt hast!« Dann drehte sie sich zu Janie um. »Hey!«, begrüßte sie ihre frühere Freundin.

Janie lächelte. »Ich freu mich, dass du heute gekommen bist. Ist viel zu lange her, seit wir uns das letzte Mal gesehen haben.«

Andi nickte zustimmend. Es hatte Zeiten gegeben, in denen sie Janie vermisst und darüber nachgedacht hatte, sich bei ihr zu melden, um ihre Freundschaft zu erneuern. Aber was hätte sie ihr als Grund nennen sollen, warum sie sich so lange nicht gemeldet hatte? *Billy wollte nicht, dass ich Freundinnen und Freunde habe, aber jetzt bin ich ihn los und wieder zurück?* Wie demütigend. Deshalb hatte sie nie versucht, wieder Kontakt zu Janie aufzunehmen.

»Ich freu mich auch, dich wiederzusehen. Wie läuft's bei der Arbeit?«, erkundigte sich Andi.

Janie arbeitete als Veterinärtechnikerin für Dr. Canon, den Tierarzt in Rosewood Bay.

»Ich liebe Tiere immer noch über alles, deshalb finde ich den Job nach wie vor toll. Und wie läuft's bei dir im Blumenladen?« Janie nahm einen Schluck von ihrem Getränk.

»Gut, ich hab damit wirklich das Richtige für mich gefunden«, antwortete Andi. Sie wusste, dass sie Glück gehabt hatte, eine Arbeit gefunden zu haben, die ihr so viel Spaß machte.

»Hör mal ... also das, was Cynthia vorhin gesagt hat ...«

Andi erstarrte. Es war schon schlimm genug, eben erst erfahren zu haben, dass Billy sie betrogen hatte, aber das dann auch noch mit einer Frau zu besprechen, die sie seit Jahren nicht mehr gesehen hatte? Das war einfach zu viel.

Tief in ihrem Inneren wusste sie jedoch, dass Janie es nur gut mit ihr meinte. »Meine Ehe lief nicht besonders, und das wussten scheinbar mehr Menschen, als mir klar war«, murmelte sie. »Auch wenn ich schon seit einer ganzen Weile nicht mehr unter Leute gegangen bin, hab ich doch gehofft, dass meine Scheidung nicht das Gesprächsthema Nummer eins sein würde.«

Janie lächelte verständnisvoll. »Ist es auch nicht, das wollte ich dir sagen. Jede hier hat ihren eigenen Mist laufen, mit dem sie irgendwie klarkommen muss, und hütet sich davor, heikle Themen aufs Tapet zu bringen. Cynthia ist einfach nur sehr egozentrisch, genau wie Nina gesagt hat.«

»Danke«, sagte Andi. Sie wusste Janies Feingefühl wirklich sehr zu schätzen.

»Ich bin einfach nur froh, dich wiederzusehen, und ich hoffe, dass wir uns mal wieder treffen können. Vielleicht gehen wir mal zusammen Mittag essen oder so?«, fragte Janie hoffnungsvoll.

Andi lächelte. »Natürlich. Das wäre schön.«

»Schauen wir uns jetzt das Spiel an?«, fragte Janie, und Andi nickte.

»Ich schau mir jedenfalls gerne Tom Brady an«, erwiderte sie lachend.

Andi und Janie gingen in das große Wohnzimmer, in dem ein Flachbildfernseher an der Wand hing. In der Mitte stand ein gemütlich aussehendes Liegesofa.

Die Männer hatten sich im Raum verteilt. Einige saßen auf der Couch, andere standen in kleinen Grüppchen zusammen und unterhielten sich. Und beim Erkerfenster sah sie Kyle mit einem Drink in der Hand stehen, der sich gerade mit einer sehr hübschen und eindeutig sehr interessierten Frau unterhielt, an die sich Andi ebenfalls noch aus Highschool-Zeiten erinnern konnte – Kimberly Greene.

Kimberly war damals ziemlich sexbesessen gewesen, und wie sie beim Lachen ihr langes, blondes Haar schüttelte angesichts ihrer Klamotten – enge Jeans und bauchfreies Top –, hatte sich daran anscheinend auch nicht viel geändert. Außer dass Kyle sehr daran interessiert zu sein schien, was sie gerade sagte.

Während Andi die beiden bei ihrer Unterhaltung beobachtete – Kimberlys Hand auf seinem Brustkorb, als sie über etwas lachte, das er gerade sagte –, wurde ihr ganz flau im Magen. Bis jetzt war sie davon ausgegangen, dass ihre Aufmerksamkeit für Kyle eine oberflächliche Sache war. Etwas, das sie als unbedeutend abhaken konnte. Aber ihre Eifersucht, als sie ihn mit einer anderen Frau sah, verriet ihr, dass sie sich eindeutig geirrt hatte.

Ihre Gefühle für ihn waren keineswegs rein freundschaftlicher Natur, vielmehr gab es da definitiv eine Anziehungskraft, mit der sie nicht gerechnet hätte. Möglicherweise wünschte sie sich an diesem Punkt in ihrem Leben keine Beziehung, aber dass sie Kyle begehrte, war nicht zu leugnen. Einen Mann, der sie bestenfalls tolerierte und nur wegen ihres Sohns höflich zu ihr war.

Die Enthüllung über ihren fremdgehenden Ex-Mann und Kyle dabei zu beobachten, wie er sich gerade eifrig um eine andere Frau bemühte, war zu viel für sie. Vor allem an dem Abend, an dem sie zum ersten Mal seit ewigen Zeiten wieder einmal unter Leute ging. Doch sie weigerte sich, sich geschlagen zu geben, und beschloss, dass jetzt ein kurzer Abstecher auf die Toilette angebracht wäre, wo sie sich frisch machen und wieder fangen konnte.

Sie warf noch einen letzten Blick auf Kyle, der mit ernster Miene dem lauschte, was Kimberly ihm gerade sagte. Er streckte die Hand aus und legte sie auf Kimberlys Schulter, woraufhin sie sich näher zu ihm beugte. Andi wurde erneut ganz flau im Magen, sie drehte sich um und machte sich auf den Weg zur Toilette. Sie hoffte, sich dort beruhigen und wieder salonfähig machen zu können.

★ ★ ★

Kyle schaffte es einfach nicht, sich von Kimberly Greene loszureißen, die ihn, seit er gekommen war, in Beschlag genommen hatte. Eigentlich hatte er doch nur mit den Jungs abhängen wollen, die er schon seit Ewigkeiten nicht mehr gesehen hatte, sich ein Bier schnappen und sich das Spiel anschauen. Aber Kimberly hatte ihn abgefangen und nicht mehr aus den Krallen gelassen. Zu allem Übel hatte sie offenbar einen an Krebs erkrankten Bruder, und als sie merkte, dass Kyle in sexueller Hinsicht kein Interesse an ihr hatte, weil er das unmissverständlich zum Ausdruck brachte, drückte sie jetzt auf die Tränendrüse, damit er nicht ging.

Er hatte zwar Mitleid mit ihr wegen ihres Bruders, was an seinem mangelnden Interesse an ihr allerdings nichts ändern würde.

Als Andi, die in ihrem Brady-Trikot überraschend sexy aussah, den Raum betrat, konnte er seinen Blick nicht mehr von ihr reißen. Ihr üppiges Haar fiel ihr über die Schultern, und ihre Verletzlichkeit war schlicht unübersehbar. Offensichtlich fühlte sie sich hier nicht besonders wohl, und sie tat ihm leid. Er wusste, dass Ryan sie praktisch dazu gedrängt hatte, heute zu kommen, und obwohl sein Kumpel es nur gut gemeint hatte, hatte Andi ganz offensichtlich schon seit Jahren keinen Kontakt mehr zu den Leuten hier gehabt, und das volle Haus musste ziemlich erdrückend für sie sein.

Er drehte sich gerade noch rechtzeitig um, um mitzubekommen, dass sie ihn ansah. Dann machte sie jedoch auf dem Absatz kehrt und steuerte den hinteren Teil des Hauses an, wo sich die Toilette befand. Besorgt, weil sie so durcheinander gewirkt hatte, entschuldigte er sich bei Kimberly und ging Andi nach, wobei er sich an den herumstehenden Leuten vorbeidrücken musste, die sich bis jetzt noch nicht hingesetzt hatten, um das Spiel anzusehen.

Er holte sie in dem Moment ein, als die Toilettentür hinter ihr ins Schloss fiel, also wartete er davor, dass sie wieder herauskam. Es dauerte nicht lange, bis sie die Tür wieder aufging. An ihren geröteten Augen sah er sofort, dass sie geweint hatte.

»Kyle, hi.« Sie zwang sich zu einem Lächeln und trat zur Seite, als wolle sie ihn an sich vorbei in die Toilette lassen.

»Lass uns reden, bevor du wieder verschwindest.« Er griff nach ihrem Handgelenk und zog sie in den kleinen Toilettenraum.

»Was machst du da?«, fragte sie, als er die Tür hinter ihnen schloss.

»Du bist total durch den Wind, und ich möchte gerne wissen, warum.«

Sie biss sich auf ihre zitternde Unterlippe. »Es ist nichts.«

Er strich über ihre feuchte Wange. »Es ist nicht nichts. Hat irgendjemand etwas gesagt, das dich verletzt hat?«

Sie hob eine Schulter. »Cynthia Colson hat erzählt, dass Billy mit Maya Dane geschlafen hat, als ich mit Nicky schwanger war.« Zitternd holte sie Luft. »Du weißt ja, was man sagt: Die Ehefrau ist immer die Letzte, die es erfährt.«

Als er das hörte, zuckte er zusammen. »Dieser Vollidiot!«

»Ich bin nicht mal aufgebracht, dass er mich betrogen hat. Sondern eher sauer auf mich selbst, weil ich so blind war. Um ehrlich zu sein, war ich damals sogar erleichtert, dass er mich nicht mehr angefasst hat. Deshalb hab ich mich auch nie gefragt, warum das eigentlich so war.« Sie sah ihn bei diesen Worten nicht an.

Er legte ihr eine Hand unters Kinn und hob ihren Kopf, sodass sie gar keine andere Wahl hatte, als ihm in die Augen zu sehen und sich ihren Eingeständnissen zu stellen. »Deine Ehe war echt mies.«

»Mehr als du ahnst.«

Ich hab's dir doch gesagt, war das Letzte, was sie sich jetzt

anzuhören brauchte, also verkniff er es sich. »Es war bescheuert von Cynthia, dir das zu erzählen«, murmelte er.

»Sie scheint blind gegenüber allem zu sein außer ihrem
eigenen Glück.« Andi zuckte mit den Schultern. »Ist schon
okay. Es war bloß alles ein bisschen viel auf einmal. Jetzt
geht's schon wieder. Aber danke, dass du nach mir gesehen
hast. Ich wollte dich nicht von Kimberly wegreißen. Ihr
beide scheint euch ja ganz gut zu verstehen.«

Er zog seine Hand nicht von ihrem Gesicht weg, überrascht über diesen gewissen Tonfall in ihrer Stimme. War
sie etwa eifersüchtig? Und wenn ja, warum gefiel ihm das?

»Kimberly war wie ein Blutegel, der nicht mehr loslas-
sen wollte. Sie hat sogar die Geschichte ihres krebskranken
Bruders dazu benutzt, dass ich sie nicht stehen lasse. Ich
hab nichts weiter getan, als ihr mein Mitgefühl zu zeigen«,
erklärte er Andi wahrheitsgemäß.

Andi blinzelte, unverkennbare Erleichterung war in ihren hübschen, braunen Augen zu erkennen. »Wirklich?«

»Hat es dir denn etwas ausgemacht zu glauben, ich wäre
an ihr interessiert?«, hörte er sich fragen. Er hatte nicht vor-
gehabt, diesen Weg einzuschlagen, aber die Anziehungskraft zwischen ihnen war wirklich und fast greifbar.

Es juckte ihn in den Fingern, durch ihr dickes, welliges
Haar zu fahren, und er konnte seinen Blick einfach nicht
von ihren glänzenden Lippen wenden, als sie mit ihrer
Zunge nervös darüber fuhr. Ganz zu schweigen von der
Energie, die es ihm abverlangte, nicht auf ihre vollen Brüs-
te zu starren, die sich unter ihrem Trikot abzeichneten.

»Wärst du verärgert, wenn ich dir sage, dass es mir tatsächlich etwas ausgemacht hat? Dass dich mit ihr zu sehen Gefühle in mir geweckt hat, die mich überrascht haben?«

»Ich sollte dich nicht wollen, Andi. Du hast mich damals sehr verletzt. Als hättest du mir ein Messer ins Herz gerammt. Aber das ist Vergangenheit. Und was jetzt zwischen uns passiert, ist die Gegenwart.«

Unvergossene Tränen schimmerten in ihren Augen, die Vergangenheit war immer noch lebendig, auch wenn sie alle beide diese hinter sich lassen wollten. Aber alles in ihm drängte zu ihr, angezogen von ihrer zerbrechlichen Stärke und Schönheit.

Er senkte den Kopf und drückte seinen Mund auf ihren. Warm und hingebungsvoll bewegten sich ihre weichen Lippen unter seinen. Er legte seine Hand an ihren Kiefer und neigte ihren Kopf weiter nach hinten, sodass seine Zunge leichter in ihren Mund eintauchen und sich mit ihrer verschlingen konnte. Endlich, endlich, endlich! Sein Herz hämmerte das Wort in einem schnellen Rhythmus, ein lang gehegter Wunsch wurde endlich Wirklichkeit, als ihr Kuss seine Welt auf den Kopf stellte.

Er erforschte die tiefen Nischen ihres Mundes, schmeckte sie ganz und gar und war sich dabei der Reaktion seines Körpers bewusst – dem Anschwellen seines Penis hinter dem Jeansstoff, dem Anstieg seines Adrenalinspiegels, seinem rasenden Puls.

Trotz des Schmerzes, der Wut, der Verletztheit war dies doch die Frau seiner Träume, und sie lag genau in diesem Augenblick in seinen Armen und ließ bereitwillig seine Küsse zu. Er fuhr mit einer Hand in ihr Haar, spürte die dicken Strähnen zwischen seinen Fingern und zog an ihnen, als der Kuss leidenschaftlicher wurde. Er stieß sie gegen den Waschtisch und presste seine Hüften gegen ihre, seine harte Erektion schmiegte sich zärtlich zwischen ihre Schenkel. Sein Schwanz pulsierte vor ungestillter Lust, gegenseitiges Verlangen durchströmte sie beide.

Bis jemand laut an die Tür klopfte. Sie schreckten auf und ließen voneinander ab. Mit weit aufgerissenen Augen schaute sie ihn an, die Überraschung in ihrem Gesicht war ebenso groß wie der Schreck, der ihn durchfahren hatte.

»Bin gleich draußen!«, rief er dem Wartenden auf der anderen Seite der Tür zu.

Er sah Andi an, deren Gesicht jetzt knallrot angelaufen war. »Uns bleibt wohl nichts anderes übrig als zusammen rauszugehen, oder?«, fragte sie.

»Ja, es ist ganz egal, ob du als Erste oder als Letzte rausgehst. Wer auch immer da draußen steht, hat meine Stimme gehört.«

Jetzt wurde Andi noch röter. »Na schön, dann kriegen sie jetzt eben noch mehr, worüber sie reden können«, meinte sie und streckte ihren Rücken durch.

Er bewunderte ihren Mut und rückte nicht ganz so diskret seinen Penis in der Hose zurecht. »Es gibt keinen besseren Zeitpunkt dafür als diesen«, sagte er und griff nach der Türklinke.

Mit seiner Hand auf ihrem Rücken, als wolle er sie mit dieser peinlichen Situation nicht alleine lassen, schob er sie aus der Toilette, um draußen im Flur die wartende Kimberly vorzufinden.

»Kyle!«, entfuhr es ihr, und ihr Blick schoss zu Andi. »O.« Ihr Lächeln verschwand, als sie das Offenkundige begriff.

Da er wusste, dass es keine Worte gab, die diese Situation weniger unangenehm gemacht hätten, zog er Andi mit sich durch den Flur, während Kimberly in der Toilette verschwand und die Tür hinter sich zuknallte.

Den Rest des Abends verbrachten sie keine Zeit mehr miteinander, Andi gesellte sich zu den Frauen, Kyle hing mit den Männern herum und schaute sich das Spiel an. Allerdings konnte er nicht leugnen, dass er sich die ganze Zeit ihrer Anwesenheit bewusst war. Er wusste immer, wo im Raum sie sich gerade aufhielt und mit wem sie sich unterhielt. Der Kuss hatte etwas zwischen ihnen verändert. Seine lang unterdrückte Wut auf sie war verflogen. Sie war eine Frau, die er begehrte. Und er musste herausfinden, wie es jetzt mit ihnen weitergehen sollte.

★ ★ ★

Die nächste Woche verging wie im Flug, Kyles Kuss ging Andi fast die ganze Zeit im Kopf herum. Jeden Tag wachte sie früh auf, duschte und zog sich an, machte Frühstück für ihren Sohn und half ihm dann, sich für die Schule fertig zu machen. Nachdem sie ihn an der Schule abgesetzt hatte, verbrachte sie den Tag im Laden. Ob sie Blumen anschnitt oder Sträuße band, ob sie etwas verkaufte oder die Dekoration für eine Feier plante, das Gefühl von Kyles Lippen auf ihren war dabei eine beständige Ablenkung.

Die Chemie zwischen ihnen war etwas völlig Neues für sie, etwas, worüber sie in Bezug auf Kyle jedenfalls zuvor nie nachgedacht hatte. Jetzt dagegen hatte sie das Gefühl, als würde sie dieser neue Zustand regelrecht verzehren. Der Gedanke, Kyle zu wollen, brachte sie völlig aus der Fassung, weil es schon so lange her war, dass sie einen Mann begehrt hatte. Sie hatte geglaubt, derartige Gefühle mittlerweile gänzlich abgestellt zu haben, weil sie wusste, dass es sicherer für sie war, sich zu isolieren und Distanz zu wahren – sowohl physisch als auch emotional.

Dennoch konnte sie nicht aufhören, an ihn zu denken. Er war die beste Version seiner selbst geworden. Seine breiten Schultern und gut definierten Muskeln verrieten ihr, dass er in seiner Freizeit offensichtlich regelmäßig ins Fitness-studio ging. Er war attraktiv – mit seinem kräftigen Kiefer und den wohlgeformten Wangenknochen, außerdem hatte er hinreißende Grübchen in den Wangen.

Er ließ die Vergangenheit hinter sich, wenn auch langsam, und dafür war sie ihm dankbar. Aber das Verlangen, das sie für ihn empfand, kam äußerst ungelegen. Für einen Mann gab es derzeit keinen Platz in ihrem Leben. Nicht, wenn sie einen Sohn großziehen und ihrer Vergangenheit entkommen musste. Sie wollte keinen weiteren Mann, der ihr womöglich wieder vorschrieb, was sie tun sollte und wen sie treffen durfte. Die letzten beiden Jahre hatte sie damit verbracht, ihre Unabhängigkeit zurückzugewinnen, und sie hatte vor, sie sich zu erhalten. Ganz egal, wie verführerisch Kyle Davenport auch sein mochte.

Die Woche neigte sich dem Ende zu, und das gefürchtete monatliche Abendessen mit ihrer Ex-Schwiegermutter stand vor der Tür. Einmal im Monat brachte Andi Nicky zu Billys Mutter, und auch wenn sie wusste, dass er alt genug war, um alleine hinzugehen, hatte sie doch ein besseres Gefühl, wenn sie dabei war, um ein Auge darauf zu haben, was ihre Ex-Schwiegermutter über Nickys Vater sagte. Tatsächlich war Francine Gray eine reizende Frau, deren Sohn trotz ihrer richtigen Erziehung letzten Endes zu einem egoistischen, gewalttätigen Mistkerl geworden war. Billys Vater war vor einigen Jahren gestorben, und auch er war ein anständiger Kerl gewesen. Andi hatte kein Problem damit, dass Nicky Kontakt zu seinen Großeltern hatte, aber sie wollte unter keinen Umständen, dass Francine ihren Sohn Billy als guten Mann anpries.

Billy hatte nie ein Kind gewollt und es Andi übel genommen, als sie schwanger wurde und sich weigerte, das Baby abzutreiben. Nach Nickys Geburt hatte er nichts mit seinem Sohn zu tun haben wollen, der war für ihn nur ein weiterer Klotz am Bein gewesen. Und auch wenn es Andi für Nicky im Herzen wehtat, dass er die Wahrheit über seinen Vater kannte, konnte sie doch auch nichts daran ändern, denn Nicky hatte im selben Haushalt gelebt und alles mitbekommen. Damals war sie nicht in der Lage gewesen, ihn vor Billys Wut zu schützen, der emotionale Missbrauch war für ihr Kind so schlimm gewesen wie der körperliche für sie, und sie wollte nicht, dass die Worte von Nickys Großmutter ihn dahingehend beeinflussten, dass er seinen Vater wiedersehen wollte. Nur weil Billy in der Vergangenheit nicht handgreiflich gegenüber Nicky geworden war, bedeutete das nicht, dass er dies auch in Zukunft nicht tun würde, sollte er irgendwann wieder zurückkommen.

Beim Gedanken an diese Möglichkeit geriet sie ins Zittern, schob ihn aber sofort beiseite. Er hatte ihr das alleinige Sorgerecht überlassen, was ihr ermöglichte, Nicky zu schützen.

Sie kamen bei Francines Haus an, einer heruntergekommenen Ranch, die schon einmal bessere Tage gesehen hatte. Es wäre eine Menge vonnöten, um es wohnlicher zu machen, doch es gab niemanden, der sich darum gekümmert hätte. Selbst als Billy noch in der Stadt lebte, hatte er der Wohnsituation seiner Mutter keinen besonderen Stellenwert eingeräumt, weshalb das Haus extrem reparaturbedürftig war.

Mit einem breiten Lächeln auf dem Gesicht empfing Francine die beiden an der Tür, ihr blondes Haar war kürzer als sonst. »Andi, Nicky!« Sie breitete die Arme aus und umarmte ihren Enkel.

»Hallo, Oma.« Nicky erwiderte die Umarmung. »Hast du meine Lieblingslasagne gemacht?«

Sie drückte ihm einen Kuss auf den Kopf. »Aber natürlich, das weißt du doch. Kommt rein.«

Sie folgten Francine ins Wohnzimmer, und Andi wappnete sich schon einmal innerlich für den Anblick der vielen Fotos von ihrem Ex im ganzen Raum, die ihn in verschiedenen Altersstufen zeigten. Allein ihn auf einem Bild zu sehen reichte, um unschöne, schmerzhafte Erinnerungen zurückzubringen. Deshalb setzte sich Andi ihre Scheuklappen auf, als sie auf der blumengemusterten Couch Platz nahm.

»Nicky, erzähl mir etwas über die Schule«, forderte Francine ihren Enkel auf.

»Ich hab den besten Lehrer auf der ganzen Welt! Mr. D. hilft mir beim Lesen. Ich lese gerade *Harry Potter,* und ich liebe es«, antwortete er und erzählte, worum es ging.

Nachdem er damit fertig war, fuhr er fort mit *Mr. D. hat dies gesagt* und *Mr. D. hat das gesagt.* Auch wenn sich Andi gewünscht hätte, Kyle aus dem Kopf zu bekommen, machte Nicky das schlicht unmöglich.

»Das klingt ja, als wäre dieser Mr. D. was ganz Besonderes«, stellte Francine fest.

»Er ist total super! Alle meine Freunde finden das auch.« Was erklärte, weshalb die Nachhilfe nicht dazu führte, dass sich die anderen Kinder über Nicky lustig machten.

»Ich frage mich oft, ob William wohl ein besserer Mensch geworden wäre, wenn er einen Lehrer gehabt hätte, zu dem er hätte aufschauen können. Samuel hatte jedenfalls nicht so viel mit ihm zu tun«, erzählte sie und meinte damit Billys Vater. »Und dieser Football-Coach war die ganze Zeit sehr streng mit ihm. Er erwartete Perfektion ...« Francine fing Andis Blick auf, die sie mit weit aufgerissenen Augen anstarrte und den Kopf schüttelte. Daraufhin verstummte Francine allmählich. »Entschuldige.«

Andi schaute zu Nicky.

»Dad hat mich immer angeschrien. Viel«, sagte er, und seine Schultern sackten nach unten, wie immer, wenn sein Vater erwähnt wurde.

Andi schloss die Augen und seufzte. Wenn es in ihrem Leben etwas gab, woran sie nicht denken wollte, dann war es die Art, wie Billy seinen Sohn behandelt hatte. Er hatte Andis Handgelenke verdreht, hatte sie gestoßen und geschlagen – und sie hatte das alles über sich ergehen lassen, um Nicky zu schützen. Aber verbal hatte Billy keinen Unterschied zwischen ihnen beiden gemacht. Er war ständig wütend gewesen und hatte das immer an ihnen allen beiden ausgelassen.

»Er ist nicht hier, um das wieder zu tun«, beruhigte Andi ihren Sohn, ohne Rücksicht auf die Gefühle ihrer Ex-Schwiegermutter zu nehmen. Das konnte sie jetzt nicht, Nicky ging definitiv vor.

»Lasst uns jetzt essen«, wechselte Francine das Thema, wofür Andi dankbar war.

Das Essen verlief friedlich, ohne dass Billy noch einmal erwähnt wurde, aber Nicky war deutlich stiller geworden. Nicht einmal seine Schwärmerei für Mr. D. hielt sich, und als sie wieder zu Hause waren, war er nicht mehr in der Stimmung, um noch ein weiteres Kapitel aus *Harry Potter* zu lesen.

Sie wartete, bis er sich für den nächsten Schultag geduscht hatte und in sein Zimmer gegangen war. Dort rollte er sich in seinem Bett unter der marineblauen Decke zusammen und spielte irgendetwas auf seinem iPad.

»Hey, Nicky. Alles okay bei dir?«

Er zuckte mit den Schultern.

Sie setzte sich zu ihm auf den Bettrand. »Hat irgendetwas, das Oma Francine heute gesagt hat, dich durcheinandergebracht?«, fragte sie und sprach damit direkt an, wovon sie glaubte, dass es ihn beschäftigte.

»Oma klang so, als ob sie sich für Dad entschuldigen würde. Dass wenn sein Coach nicht so gemein zu ihm gewesen wäre, er es auch nicht geworden wäre. Aber ...«

Andi wartete ab, dass er seine Gedanken sammelte und weitersprach. Als er es nicht tat, hakte sie nach. »Aber was?«

Nicky biss sich auf die Unterlippe. »Aber ich hatte letztes Jahr auch einen gemeinen Lehrer, und ich war trotzdem nett zu meinen Freunden.«

Sie lächelte ihren Sohn an, der für sein Alter schon so weise war, und wünschte sich, dass er einfach nur Kind sein dürfte. »Du hast absolut recht. Wie dich jemand anderes behandelt, ist keine Entschuldigung für dein Verhalten. Du solltest immer versuchen, dich richtig zu verhalten.«

»Mom?«

»Ja?« Sie zog ein Knie unter sich und sah ihm in die Augen.«

»Dad kommt doch nie wieder zurück, oder?« Er senkte den Blick und wich dem ihren aus, ganz offensichtlich schämte er sich für die Frage.

»Hey, schau mich mal an.« Sie rutschte näher an ihn heran und setzte sich jetzt mit überkreuzten Beinen auf sein Bett. Unter anderen Umständen hätte sie ihn mit solchen juristischen Einzelheiten verschont, aber sie wollte nicht, dass er sich über eine mögliche Rückkehr seines Vaters Sorgen machte. »Selbst wenn er zurückkommen sollte, habe *ich* das sogenannte *alleinige Sorgerecht*. Er braucht meine Erlaubnis, um dich zu sehen, und die kriegt er nicht.«

Billy könnte sie vor Gericht bringen, er könnte ihr drohen und sie schikanieren. Aber sie würde tun, was für ihren Sohn am besten war. Nicky war in der Abwesenheit seines Vaters regelrecht aufgeblüht, seine hängenden Schultern gehörten der Vergangenheit an, er verdrückte sich nicht mehr in irgendwelche Ecken, weil er fürchtete, dass sein Vater da war, um ihn anzubrüllen. Es gab genügend Leute, die bezeugen konnten, dass es zu Nickys Besten war, dass sein Vater nicht mehr um ihn war.

Nicky schlang seine Arme um Andis Hals und drückte sie fest. »Ich hab ein schlechtes Gewissen, weil ich nicht will, dass er wieder zurückkommt.«

»Dafür ist ganz allein er verantwortlich und nicht du!« Jetzt schlang sie ihre Arme ebenfalls ganz fest um ihn. »Mach dir bitte keine Sorgen, okay? Das ist meine Aufgabe, ich erledige das für uns beide.«

Sie würde bis ans Ende der Welt gehen, um ihn zu beschützen und das Lächeln zu sehen, das immer auf seinem Gesicht auftauchte, wenn er über diesen einen Lehrer sprach, den er so gerne mochte.

KAPITEL 4

Seit der Football-Party dachte Kyle anders über Andi und das nicht nur, weil er sie geküsst hatte, auch wenn er zugeben musste, dass er diesen Moment im Geiste immer wieder Revue passieren ließ. Er war innerlich völlig durcheinander und versuchte seine Wut auf sie wegen ihres damaligen Verhaltens und seine jetzigen Gefühle unter einen Hut zu bringen.

Jahrelang hatte er sich gefragt, wie sie sich wohl in seinen Armen anfühlen würde. Ihre weichen Lippen und ihr geschmeidiger Körper waren die Antwort auf all seine Träume, und alles, was er in ihr sah, machte es schwierig, in irgendeiner Form wütend auf sie zu sein. Genau genommen stimmte hier irgendetwas nicht. Die Frau, die ihm damals gesagt hatte, er solle verschwinden und sie in Ruhe lassen, war unauffindbar. Stattdessen war die Andi, die er immer gekannt hatte, wieder zurück, herzlich und freundlich ... wenn auch viel verletzlicher als früher. Und er fühlte sich von dem Gesamtpaket angezogen.

Es entging ihm jedoch nicht, dass sie ängstlich war wegen dem, was zwischen ihnen passiert war. Als sie Nicky von seiner ersten Nachhilfestunde nach der Football-Party abholte, war sie rot geworden, und sie hatte es vermieden, mit Kyle alleine zu sein, ohne dass ihr Sohn dabei war. Er respektiere die Grenzen, die sie setzte, und hielt respektvollen Abstand. Schließlich war er Lehrer und sie ein Elternteil, und das war alles, was sie sein konnten.

Der September ging vorüber, und es wurde Oktober. Es wurde kälter, und ehe er sich versah, stand auch schon Halloween vor der Tür, und die Grundschule veranstaltete eine Parade mit allen Klassenstufen. Mittags zogen sich die Kinder ihre Kostüme an, und die für die jeweiligen Klassen zuständigen Mütter aus der Elternvertretung kamen in die Schule, um ihnen dabei behilflich zu sein. Wegen der anfallenden Arbeit und weil Feiertag war, wurden auch alle anderen Eltern eingeladen, die die Kinder gern in den Kostümen sehen wollten.

Angesichts der allgemeinen Aufregung ging Kyle nicht davon aus, mit den Kindern vernünftig arbeiten zu können, sondern sah stattdessen einen zwanglosen Tag vor. Der Morgen verging wie im Flug, und bald trafen auch schon die Eltern ein. Es herrschte ein lebhaftes, närrisches Durcheinander von Kostümen und lauten, aufgeregten Stimmen.

Sogar Andi hatte sich den Nachmittag freigenommen, um für Nicky da zu sein, und es kostete Kyle etliche Anstrengung, sich auch auf die anderen Eltern und Kinder zu konzentrieren, statt nur auf Andi. Er konnte einfach nicht aufhören, ihren unglaublichen Körper anzustarren, in Jeans, die ihren kurvigen Hintern und ihre Hüften betonten, und mehr als einmal musste er sich förmlich einen Ruck geben und sich dazu zwingen, wegzusehen und seinen Job zu erledigen.

Sie brachten die Kostümparade rund um das Schulgebäude hinter sich, der die Klassenparty mit Cupcakes und dem daraus resultierenden Zuckerrausch folgte. Aber so sehr er den Feiertag und die Begeisterung seiner Schüler auch genoss, war er doch erleichtert, als der Tag schließlich vorbei war und die Kinder allmählich in Begleitung ihrer Eltern das Feld räumten.

Obwohl für Nicky an diesem Nachmittag keine Nachhilfestunde anstand, schien es der Junge hinauszuzögern, sein Harry-Potter-Kostüm auszuziehen und seine Bücher einzusammeln.

Andi warf Kyle einen frustrierten Blick zu, als sich der Junge bückte und bereits zum zweiten Mal seine Schnürsenkel band.

»Mom, ich muss noch mal aufs Klo, bevor wir losfahren.«

Sie seufzte. »Na, dann geh schon, aber beeil dich. Und vergiss nicht, dir danach die Hände zu waschen«, sagte sie, während er zur Tür schlurfte. Sie drehte sich zu Kyle um. »Umgekehrter Zuckerrausch?«, fragte sie. »Ansonsten ist er dann immer total aufgedreht, aber jetzt ist er einfach nur völlig groggy. Und wir müssen ja noch *Süßes oder Saures* durchstehen.« Sie klang selbst auch ziemlich erledigt.

»Mit ein bisschen Glück überwindest du den toten Punkt. Mir gefällt übrigens, dass er Harry Potter als Kostüm ausgewählt hat. Das sagt mir, dass er jetzt wirklich in der Geschichte drin ist.«

»O, allerdings. Außerdem stelle ich auch eine deutliche Veränderung in seiner Bereitwilligkeit fest, sich hinzusetzen und zu lesen. Lässt sich das auch auf seine Hausaufgaben übertragen?«

»Nicht so ganz, aber immerhin ein bisschen«, berichtete er, offenkundig dankbar für die leichte Verbesserung.

»Erinnerst du dich noch an das Halloween, an dem wir uns als Harry Potter und Hermine verkleidet haben?«, fragte sie.

Die Erinnerung überkam ihn, als wäre es gestern gewesen. Sie hatten alles zusammen gemacht, einschließlich des Abstimmens ihrer Kostüme. Sie hatten viel gelacht und waren völlig auf einer Wellenlänge gewesen.

Er lächelte und sagte neckend: »Du hast damals so hartnäckig darauf bestanden, dass du Hermine bist und nicht Ginny.«

»Na ja, ich finde immer noch, dass am Ende Harry und Hermine hätten zusammen sein sollen.«

»Ich weiß, ich weiß.« Er schüttelte den Kopf. »Armer Ron.«

Sie grinste.

Er vermisste jene Tage, heute mehr denn je, da sie zusammen im selben Raum waren und sich unterhielten … und er wollte sie wieder küssen. »Wir hatten viel Spaß damals, oder?«

Sie nickte, und ihr Blick wurde weicher, als sie ihn ansah. Offensichtlich rührte die Erinnerung sie ebenfalls.

Er machte einen Schritt auf sie zu und atmete den Geruch ihrer Haare ein, die nach Pfirsich dufteten. Er streckte die Hand aus und strich ihr eine Haarsträhne hinters Ohr. Der Geruch erregte ihn und machte ihm bewusst, dass er sie als eine höchst weibliche und begehrenswerte Frau wahrnahm. »Wir waren ein tolles Team.«

Als Freunde. Aber jetzt könnten sie mehr sein als das, und ihm wurde plötzlich klar, wie sehr er sich dieses *mehr* wünschte. Sein Herz hämmerte in seiner Brust, und als er ihr flüchtig mit den Fingerknöcheln über die Wange strich, seufzte sie und lehnte sich an ihn.

Sein Körper spannte sich vor Verlangen, und Lust erfüllte ihn. Er musste nichts weiter tun, als ihren Geruch einzuatmen, und sofort reagierte er darauf. Er kam ihrem Gesicht noch näher, seine Lippen waren nur noch einen Millimeter von ihren entfernt.

Lärm auf dem Flur brachte sie in die Gegenwart zurück.

Sie zuckte zusammen, als sie merkte, dass sie fast in einer peinlichen Situation erwischt worden wären. Sie errötete und zog ihren Kopf noch weiter zurück.

Frustriert stieß er die Luft aus. Er sollte ärgerlich auf sich sein. Immerhin war er hier der Lehrer, derjenige, der professionell sein sollte, wenn er in der Schule war. Aber er brachte es nicht über sich, diese zaghafte Annäherung an Andi zu bereuen. Er spürte die Spannung zwischen ihnen, die Möglichkeiten, die in der Luft lagen.

Und er traf eine Entscheidung. Dieses Mal würde er sich nicht zurückziehen und ihr ihren Freiraum lassen.

Dieses Mal würde er für das kämpfen, was er wollte.

»Mir ist klar, dass das hier gerade vermutlich nicht der richtige Zeitpunkt ist ...« Gedankenverloren hielt er inne.

»Andererseits ist wahrscheinlich nie der richtige Zeitpunkt.«

Sie neigte den Kopf und blickte ihm in die Augen. »Was ist denn los?«, fragte sie neugierig.

»Ich will mich mit dir treffen. Alleine. So wie bei einem richtigen Date.«

»Kyle, ich bin momentan wirklich nicht in der Lage, irgendjemanden zu daten.«

»Ich bin aber nicht *irgendjemand*. Was hältst du davon, wenn wir das Ganze einfach so sehen: Zwei alte Freunde erneuern ihren Kontakt zueinander, und dann sehen wir weiter?«

Daraufhin musste sie lachen. »Wir können uns ja noch nicht mal im selben Raum aufhalten, ohne dieser neuen Anziehungskraft nachzugeben. Ich glaube nicht, dass wir wieder zu dem Punkt zurückkehren können, an dem wir nichts anderes sind als alte Freunde, die ihren Kontakt erneuern.«

»Wenigstens gibst du zu, dass es eine Anziehungskraft gibt. Kannst du wirklich davor weglaufen? Vor mir ... schon wieder?« Ja, er sprach es tatsächlich an!

Weil er diesmal hartnäckig sein musste, um zu bekommen, was er wollte.

Sie atmete flach. »Nein«, flüsterte sie. »Ich kann nicht. Ich kann einfach keine Versprechungen machen.«

»Erst mal haben wir doch nur ein Date«, versicherte er ihr.

Nun nickte sie. »Okay.« Ihre weichen Lippen verzogen sich zu einem Lächeln – eines, das er bis in sein Innerstes spüren konnte.

»Gib mir mal dein Telefon, ich schicke mir eine Nachricht an mein Handy. Dann hast du meine Nummer.«

»Und du hast dann auch meine?«, fragte sie lachend.

Er kicherte. »Genau.«

Sie reichte ihm ihr iPhone, er tippte seine Nummer ein und schrieb ihr eine Textnachricht, die sie später lesen konnte.

»Fertig, Mom!« Nickys Rückkehr beendete jedes private Gespräch, aber Kyle hatte sein Ziel erreicht.

Sie hatte einem Date zugestimmt. Und er hatte jetzt die Chance, die Frau für sich zu gewinnen, die er schon immer begehrt hatte.

★ ★ ★

Andi steckte bis zu den Ellbogen in einem Blumenarrangement, sie hatte gute Laune, die sie allerdings nur widerwillig Kyle Davenport zuschrieb, aber wie könnte sie das nicht? Gestern Abend hatte sie erst spät einen Blick auf ihr Handy geworfen, und seine SMS hatte ihr ein warmes Kribbeln im Bauch verursacht.

Mein ganzes Leben habe ich auf dieses Date gewartet. Sag mir Bescheid, an welchem Abend es dir passt.

Das klang so, als hätte er sich schon immer gewünscht, mit ihr auszugehen, auch schon damals, als sie nur Freunde gewesen waren. Der Gedanke war überwältigend. Allerdings hatte sie es wirklich ernst gemeint, als sie sagte, dass sie im Moment nicht in der Lage war, jemanden zu daten. Schließlich war sie eine Vollzeit-Mom, arbeitete den ganzen Tag und war eine Frau mit einer Vergangenheit, die sie vorsichtig machte, was eine gemeinsame Zukunft mit einem Mann betraf. Selbst wenn es um einen Mann ging, dem sie eigentlich vertrauen können sollte. Andererseits konnte sie mit ihm ausgehen, sich mit ihm austauschen und sich ein bisschen amüsieren. Das zumindest hatte sie sich verdient, oder etwa nicht?

Deshalb schrieb sie ihm zurück, sie könnten sich Freitagabend treffen, wenn Nicky zu Kane und Halley ging, wo er auch übernachten würde. Nachdem sie die SMS abgeschickt hatte, begann sie sich den Kopf zu zerbrechen, was sie anziehen sollte, fragte sich, wo sie wohl hingehen würden, und verhielt sich auch ansonsten wie ein Teenager, der sein allererstes Date hatte. Wenn sie später Nicky von seiner Nachhilfestunde abholte, wollte sie Kyle fragen, wohin sie gehen würden.

Sie war völlig in Gedanken versunken, als plötzlich ihr Handy klingelte. »Andi? Hier spricht Rhonda Sharpe«, hörte sie eine alte Mitschülerin am anderen Ende der Leitung sagen.

»Rhonda, wie geht's dir?«

»Mir geht's ganz gut, danke. Aber ich rufe an, weil ich traurige Neuigkeiten habe. Francine Gray wurde vorhin ins Krankenhaus gebracht«, sagte Rhonda, und Andi erinnerte sich daran, dass sie Sozialarbeiterin im örtlichen Krankenhaus war.

Andis Griff um den Telefonhörer verstärkte sich. »Geht es ihr gut?«

»Sie ist leider verstorben. Mein herzliches Beileid. Sie

hatte deine Rufnummer für den Notfall angegeben, deshalb melde ich mich bei dir.«

Schock gefolgt von tiefer Traurigkeit überkam Andi. Sie legte die Schere beiseite und ließ sich auf den nächsten Stuhl sinken. »Was genau ist passiert?«

»Ein Aneurysma«, antwortete Rhonda. »Sie musste nicht leiden.«

Andi holte tief Luft, sagte aber nichts. Einerseits war sie über diese Information erleichtert, gleichzeitig jedoch tieftraurig.

»Andi, alles in Ordnung mit dir?«, erkundigte sich Rhonda in Andis Schweigen hinein.

»Ja, ich bin nur einfach total geschockt. Aber danke fürs Bescheidsagen.«

Andis Hände zitterten, und eine Träne lief ihr übers Gesicht. Sie hatte Francine gemocht und sie immerhin jeden Monat gesehen. Wenn Billy nicht zwischen ihnen gestanden hätte – irgendwie war er immer anwesend gewesen, selbst nachdem er die Stadt verlassen hatte –, hätten sie sich vielleicht näherstehen können. Und jetzt war sie tot.

Und Andi musste Nicky sagen, dass er seine Großmutter verloren hatte.

Sie wusch sich das Gesicht und riss sich zusammen, bevor sie den Laden in die kompetenten Hände ihrer Angestellten übergab und sich auf den Weg zur Schule machte, um Nicky früh abzuholen. Auch wenn es eher unwahrscheinlich war, wollte sie sich doch keine Gedanken machen müssen, dass er die Neuigkeiten vielleicht von jemand anderem erfuhr. Das musste sie schon selbst tun.

Die Schulglocke läutete zum letzten Mal, und Andi ging zum Klassenzimmer, in dem sich Kyle und Nicky, ein aufgeschlagenes Buch zwischen sich, gerade leise miteinander unterhielten.

»Hi«, sagte sie und unterbrach die beiden.

»Hey.« Kyles einladendes Grinsen ließ es in ihrem Bauch kribbeln. Ein Kribbeln, das immer vertrauter wurde – bei jedem Mal, wenn sie ihn sah und selbst wenn sie nur an ihn dachte.

»Mom! Ist es denn schon Zeit?«, fragte Nicky und klang enttäuscht.

»Ja, mein Kleiner. Es ist etwas passiert.« Sie schaute Kyle an, bevor sie sich wieder an ihren Sohn wandte. »Kannst du deine Sachen zusammenpacken?«

Nicky schnappte sich sein Buch und lief zu seinem Rucksack, der an einem Haken an der Rückwand des Klassenzimmers hing.

»Billys Mutter ist gestorben«, flüsterte Andi Kyle zu. »Ich wollte Nicky nach Hause bringen und es ihm selbst erzählen, bevor er es von jemand anderem erfährt.«

»Mein herzliches Beileid«, sagte er. »Das ist bestimmt nicht leicht.«

Sie nickte. »Ich mochte sie, aber wir standen uns wegen Billy nie wirklich nahe. Sie konnte sich nicht dazu durchringen, Billys schlechte Seiten zu sehen.« Bei dem Gedanken an ihren Ex-Mann zitterte sie.

Verständnisvoll streckte Kyle seine Hand aus und legte sie ihr beruhigend auf die Schulter. »Das gehört der Vergangenheit an.«

Sie nickte erneut. Das hoffte sie zumindest, aber da Francine nun tot war, befürchtete sie, Billy würde womöglich zurückkommen, um sein Erbe anzutreten. Bei dem Gedanken drehte sich ihr der Magen um.

»Kyle, ich muss unsere Verabredung für heute Abend leider absagen«, entschuldigte sie sich, die Enttäuschung war ihr anzuhören. »Nicky wird mich bestimmt brauchen.«

»Na klar.« Er nahm ihre Hand und drückte sie beruhigend.

Seine herzliche, besänftigende Geste drang bis in ihr Innerstes.

»Was hältst du davon, wenn ich etwas zum Abendessen besorge und damit zu euch komme? Oder ist das zu aufdringlich?«, fragte er.

Sie dachte darüber nach und nickte dann. »Das wäre schön«, antwortete sie. »Das hilft vielleicht, den Abend für Nicky etwas aufzulockern.« Und für sie auch.

Sie wusste es sehr zu schätzen, dass er bereit war, seine Pläne zu ändern und ihr stattdessen unter die Arme zu greifen. Sie wusste nicht, wie Nicky auf den Tod seiner Großmutter reagieren würde. Ihre Beziehung mit Francine war immer etwas angespannt gewesen, weil diese ständig über Billy reden wollte, was allerdings weder Andi noch Nicky wünschten.

Ihrem Sohn zu sagen, dass Oma gestorben war, war nicht einfach. Es war seine erste Erfahrung mit dem Tod, andererseits war er alt genug, um zu verstehen, dass seine Großmutter nicht mehr lebte. Als sie es ihm dann erzählte, weinte er nicht, was sie etwas beunruhigte. Sie war fest entschlossen, ihn im Auge zu behalten, um sicherzugehen, dass er sich mit dem Verlust auseinandersetzte und seine Gefühle auf eine gesunde Art und Weise verarbeitete.

»Mom? Darf ich jetzt in mein Zimmer?«, fragte Nicky.

Sie wuschelte ihm durchs Haar und nickte. »Wenn du mich brauchst, dann weißt du ja, wo du mich findest.« Kane und Halley hatte sie bereits angerufen, um Nickys Besuch für den heutigen Abend abzusagen. Sie wollte ihn zu Hause bei sich haben, und er sollte heute auch in seinem eigenen Bett schlafen können.

»Klar.« Er stand auf.

»Hey, Mr. Davenport kommt heute zum Abendessen«, sagte sie und hoffte, dass ihn diese Nachricht ein bisschen aufheitern würde.

»Cool.« Mit hängenden Schultern ging er in sein Kinderzimmer.

Nicht einmal der Umstand, dass sein Lieblingslehrer zu Besuch kam, hatte ihm ein Lächeln aufs Gesicht zaubern können. Doch sie konnte ihn verstehen. Sie ließ ihn gehen, denn sie wusste, dass er jetzt Zeit für sich brauchte und diese auch verdiente.

Sie deckte den Tisch fürs Abendessen und ging dann ins Schlafzimmer, um sich noch ein bisschen herzurichten, bevor Kyle kommen würde. Sie hatte gerade erst eine traurige Nachricht erhalten und sollte sich eigentlich nicht darauf konzentrieren, wie sie aussah. Allerdings konnte sie nicht abstreiten, dass es ihr wichtig war, wie Kyle sie zu sehen bekam. Bisher hatte er sie immer am Ende des Tages gesehen, wenn sie von der Arbeit zur Schule gehetzt kam, um Nicky abzuholen, und dies war nun ihre Chance, sich einmal hübsch für ihn zu machen.

Sie spritzte sich kaltes Wasser ins Gesicht, wischte sich die Hinweise auf die Tränen weg, die sie um Francine vergossen hatte, und trug nach einer schnellen Dusche noch einmal Make-up auf. Dann tauschte sie ihre schmutzigen Jeans, die sie bei der Arbeit getragen hatte, gegen saubere und zog dazu ein malvenfarbiges Oberteil an, das ihre Kurven betonte.

Sie hatte inzwischen akzeptiert, dass sich irgendetwas zwischen ihnen zusammenbraute, das sie nicht einfach ignorieren konnte – und wollte. Es musste sie auch nicht nervös machen, jedenfalls nicht, wenn er verstand, was sie ihm geben konnte, sollte sie eine Beziehung mit ihm eingehen. Die Vorstellung, sich einem Mann hinzugeben – ob physisch oder emotional –, war aus vielen Gründen beängstigend für sie, andererseits – das hier war schließlich Kyle. Wenn es einen Mann gab, der sie nicht verletzen würde, dann er. Zudem war er imstande zu verstehen, dass sie ihr Herz unter Verschluss hielt. Nur sie allein hatte die Kontrolle über ihr Schicksal.

Aber sie war etwas zu voreilig. Alles, worum er sie bat, war schließlich nur ein Date. Sie könnte eins nach dem anderen angehen und die Zeit mit ihm genießen.

Das ging ihr durch den Kopf, als es klingelte und sie zur Haustür ging, um Kyle hereinzulassen. Er trug braune Tüten mit köstlich riechendem Essen.

»Was hast du da mitgebracht?«, fragte sie, während sie ihn eintreten ließ.

»Ich war bei dem neuen Italiener und hab dir dein Lieb-
lingsessen mitgebracht. Also das, was ich als dein Lieblings-
essen in Erinnerung habe: Hühnchen Parmesan und Lasagne für Nicky. Ich dachte mir, damit kann ich nichts falsch
machen.«

Sie grinste, erfreut, dass er sich noch an ihr Lieblings-
essen erinnern konnte, und dachte an die Male zurück, als
seine Mutter dieses Gericht gekocht hatte, weil sie wusste, dass Andi es mochte und zum Abendessen kam. »Danke
schön! Komm doch rein. Ich bring das Essen schon mal in
die Küche.« Sie wollte ihm die Tüten abnehmen, aber er
bestand darauf, sie selbst in die Küche zu bringen.

Er stellte das Essen auf die Theke und drehte sich zu ihr
um. Sein Dreitagebart war im Laufe des Tages gewachsen,
was ihn sogar noch sexyer aussehen ließ als sonst. Sie wand
sich in ihren Jeans, weil sie nicht aufhören konnte, daran zu
denken, wie sich diese Stoppeln wohl anfühlten, wenn sie
über ihre Haut rieben.

»Wie hat Nicky die Nachricht vom Tod seiner Großmutter aufgenommen?«, erkundigte sich Kyle.

Kopfschüttelnd antwortete sie: »Ich bin mir ehrlich gesagt nicht ganz sicher. Er hat nicht viel dazu gesagt, hat viel
genickt und meinte, er würde das schon verstehen. Und
dann hat er gefragt, ob er in sein Zimmer dürfe. Ich nahm
an, dass er etwas Zeit für sich braucht, um alles in Ruhe zu
verarbeiten. Ich hoffe, dass er beim Abendessen wieder ein
bisschen mehr er selbst ist.«

»Der Tod ist schon für Erwachsene schwer zu begreifen,
und dann müssen wir ihn auch noch Kindern erklären.

Aber Nicky wird es schaffen, weil er dich hat. Er weiß, dass du für ihn da bist.«

»Danke. Genau das musste ich jetzt hören.«

»Warum gehst du ihn nicht holen, und ich stell solange schon mal das Essen auf den Tisch?«

Aber als sie vor Nickys Zimmer stehen blieb und einen Blick hineinwarf, stellte sie fest, dass er bereits eingeschlafen war. Sein *Harry-Potter*-Buch lag aufgeschlagen neben ihm. Er hatte einen langen, anstrengenden Tag hinter sich, und sie beschloss, ihn schlafen zu lassen. Auf Zehenspitzen schlich sie ins Zimmer, nahm das Buch und legte es auf den Nachttisch.

Sie betrachtete ihn noch ein paar Minuten, sein Oberkörper hob und senkte sich im gleichmäßigen Rhythmus seines Atems. Sie lächelte, ging auf Zehenspitzen aus dem Raum und schloss leise die Tür hinter sich.

»Wo ist er?«, fragte Kyle, als sie allein in die Küche zurückkam.

»Er schläft tief und fest. Ich wollte ihn nicht wecken. Er kann sich später noch etwas zu essen holen, wenn er aufwacht. Oder morgen früh, falls er so lange schlafen sollte.«

»Also sind wir allein?«, fragte er mit rauer Stimme.

»Ja.« Ein Lächeln umspielte ihre Mundwinkel. Seit seiner Rückkehr nach Rosewood Bay fühlte sie sich in seiner Gegenwart seit Langem einmal wieder mehr wie sie selbst.

Sie schaute auf den Tisch und die geöffneten Behälter mit Essen, das darauf wartete, von ihnen gegessen zu werden. »Na, sieh mal einer an! Du hast ja wirklich schon alles rausgeholt und vorbereitet. Danke schön!«

»Gern geschehen.«

Sie setzten sich an den Tisch, und sie tat jedem von ihnen eine Portion Hühnchen und Lasagne auf und packte etwas für Nicky weg. Beim Essen sprachen sie über Kyles bisheriges Schuljahr und wie es für ihn war, wieder in Rosewood Bay zu sein. Nachdem sie anschließend zusammen den Tisch abgeräumt hatten, machte sie Kaffee. Dann gingen sie ins Wohnzimmer und setzten sich nebeneinander auf die Couch.

»Erzähl mir etwas über dein Leben vor deiner Rückkehr. Hast du gerne in Illinois gelebt?«, fragte sie und hob den Kaffeebecher an ihre Lippen.

Mit ernstem Gesichtsausdruck begegnete er ihrem Blick. »Es war gut, von hier wegzukommen. Um ehrlich zu sein, konnte ich es nicht ertragen hierzubleiben, nachdem du mir die Freundschaft gekündigt hast. Der Schock, das Verletztsein … Das war alles zu viel für mich. Und ich wollte nicht dabei zusehen, wie du dein Leben weiterlebst, ohne dass ich dazugehöre.«

Während er sprach, verbrannte sie sich die Zunge und stellte die Tasse auf den Couchtisch. Seine Worte taten weh und versetzten sie in die Zeit zurück, als sie getan hatte, was sie tun musste. Ihn gehen lassen, um ihn zu schützen. Bei ihrer Verabredung hatte sie nicht geahnt, dass sie *darüber* sprechen würden, aber vermutlich würden sie das irgendwann tun müssen, wenn sie es hinter sich lassen wollten.

»Ich hatte meine Gründe für mein Verhalten.« Sie biss sich auf die Unterlippe, damit diese aufhörte zu zittern. »Am Anfang war Billy der charmante Typ, wie ihn jeder in der Schule sah. Es passierte erst später, als ich mich richtig auf ihn eingelassen hatte, dass er so besitzergreifend wurde. Er hasste unsere Freundschaft, weil er eifersüchtig auf dich war. Und ließ sich keine Gelegenheit entgehen, mich das wissen zu lassen.«

»Warum bist du nicht gegangen?«, fragte er mit zusammengebissenen Zähnen, seine Verachtung für ihren Ex war mehr als offensichtlich.

Trotz Billys früherem Charme hatte sich Kyle nie von ihm täuschen lassen. Er hatte ihn von Anfang an durchschaut und versucht, Andi davor zu warnen, sich auf ihn einzulassen. Aber als der Star-Quarterback auf sie aufmerksam wurde, hatte sie eine rosarote Brille aufgehabt und sich geschmeichelt gefühlt, dass so ein beliebter Junge an ihr interessiert war.

»Am Anfang schmeichelte es mir, dass er ein bisschen eifersüchtig war. Ich nahm das nicht so ernst. Als mir dann später klar wurde, womit ich es zu tun hatte, konnte ich nicht einfach gehen.«

»Weil du Angst hattest?«, fragte er mit zusammengebissenen Zähnen und wissendem Blick.

»Wie kommst du darauf?« Sie würde nicht darüber reden. Mit niemandem.

»Ist das jetzt dein Ernst, Andi? Ausgerechnet bei mir stellst du dich dumm? Auch nach all den Jahren müsstest du wissen, dass du mir alles erzählen kannst.« Er machte eine Pause. »Oder vielleicht ja auch nicht, wenn man bedenkt, dass ich damals aus allen Wolken gefallen bin, als du unsere Freundschaft restlos beendet hast.«

Andi schluckte. »Na schön, du willst die ganze Wahrheit wissen? Ich habe es getan, um dich zu schützen. Weil Billy sagte, er würde dir etwas antun, wenn ich den Kontakt nicht abbreche. Und zu dem Zeitpunkt wusste ich bereits genug über sein Naturell und wozu er fähig ist, um ihm zu glauben.«

Als Kyle das hörte, lief es ihm eiskalt den Rücken hinunter, und mit weit aufgerissenen Augen ballte er die Fäuste. »Heilige Scheiße, Andi! Und du hast nicht mal darüber nachgedacht, mir das zu erzählen? Damit ich dir helfe, da wieder rauszukommen, bevor du ihn heiratest?«

Sie blinzelte überrascht, seine wütende Stimme ließ sie zusammenzucken, und sie drückte sich in die Geborgenheit und Sicherheit der Seitenlehne der Couch. »Zu dem Zeitpunkt war ich schon schwanger«, flüsterte sie.

Ihr war gar nichts anderes übriggeblieben, als zu tun, was Billy wollte. Außerdem hatte sie ihre Schwangerschaft nicht zu Kanes Problem machen wollen. Nach dem Tod ihrer Mutter hatte er sich um sie gekümmert, während ihr Vater seiner Spielsucht nachgegangen war, anstatt zu Hause bei seiner Familie zu bleiben. Und sie war der Meinung gewesen, dass sie mit den Folgen ihres Handelns selbst fertigwerden musste.

»Tut mir leid.« Er hob seine Hände in einer Geste des Friedens. »Ich bin bloß frustriert«, gab er zu, seine Stimme wie sein Gesichtsausdruck wurden sanfter. »All diese verlorenen Jahre. All diese Jahre, in denen ich dachte, dass du dich einfach so von mir abgewandt hast.« Er schüttelte den Kopf, und seine Schultern entspannten sich wieder.

»Er wäre hinter dir her gewesen. Das weiß ich.« Und das stimmte. Sie war hundertprozentig davon überzeugt und glaubte, dass sie das einzig Richtige getan hatte.

Langsam kam er näher, ließ sich Zeit und machte keine abrupten Bewegungen, als er ihre Hand nahm und sie festhielt. »Ich hätte schon auf mich aufpassen können. Und hätte auch auf dich aufgepasst.«

Ihre Blicke trafen sich und konnten sich nicht mehr voneinander lösen. Ihnen war klar, dass sie nichts mehr an der Vergangenheit ändern konnten. Und Andi wusste auch, dass diese Vergangenheit ihre Gegenwart und ihre Zukunft bestimmte. Sie allein war von nun an für ihr Schicksal verantwortlich. Kein Mann würde ihr jemals wieder sagen, was sie zu tun hatte. Doch nichts davon löschte das rasende Verlangen zwischen ihnen aus. Ihn zu wollen bedeutete ja nicht, dass sie aufgab, was sie sich zurückerobert hatte. Sie konnte doch ruhig mal etwas Kurzfristiges genießen, ohne sich gleich über eine dauerhafte Beziehung den Kopf zu zerbrechen.

Sie nahm sein Gesicht in ihre Hände. »Können wir die Vergangenheit nicht einfach hinter uns lassen?«

»Wenn das bedeutet, dass ich dich jetzt haben kann, dann gerne.« Er neigte den Kopf, seine Lippen berührten ihre.

Er küsste sie leidenschaftlich, die Chemie zwischen ihnen war einfach unglaublich. Seine Lippen wanderten über ihre, Münder öffneten sich, Zungen glitten, Zähne stießen gegeneinander, keiner konnte genug vom anderen bekommen. Das Verlangen erwischte sie mit voller Wucht, ihre Brustwarzen unter ihrem Oberteil richteten sich auf, und sie spürte, wie sie feucht zwischen ihren Schenkeln wurde.

Wie lange war es schon her, seit sie so auf einen Mann reagiert hatte? Eigentlich nur bei Kyle. Vor ihm hatte sie geglaubt, dieser Teil von ihr wäre bereits abgestorben. Sie freute sich, so etwas wieder zu empfinden. Mit ihren Fingern fuhr sie in sein Haar, hielt sein Gesicht nah an ihrem, während er sich an ihren Lippen labte und seine Zunge köstliche Dinge mit ihrer vollführte.

»Ich kann einfach nicht genug von dir kriegen«, sagte er nach Luft schnappend, bevor er ein weiteres Mal in ihren Mund tauchte und sie dabei sanft gegen die Armlehne manövrierte.

Er beugte sich über sie und zog ihr Oberteil hoch. Dann wanderte er mit den Fingerspitzen ihren Oberkörper hinauf, am Rippenbogen entlang, bis seine große Hand ihre Brust umschloss. Mit dem Daumen strich er über ihren Nippel, und sie wand sich unter ihm, ihre Empfindungen schossen direkt in ihre Pussy. Sie konnte einfach nicht stillhalten, sondern drückte ihren Rücken durch und presste ihre Muschi gegen seinen harten Ständer. Sein dicker Schwanz rieb gegen ihre empfindlichste Stelle, was Funken hinter ihren Augenlidern tanzen ließ. »Hmm ...« Sie stöhnte bei dieser intimen Berührung und wusste, dass sie gleich kommen würde, wenn sie so weitermachen würden, doch er stemmte sich hoch und rollte sich zur Seite.

»Warum hörst du auf?«

»Weil ich dich anfassen muss.« Er öffnete zuerst den Knopf ihrer Jeans und zog den Reißverschluss auf. Dann schob er seine Hand in den Hosenbund, fuhr mit den Fingern über ihr feuchtes Höschen. Er zog ihre Jeans weit genug herunter, um sich Platz zu verschaffen, schob den Seidenstoff ihres Slips beiseite und glitt mit der Hand über ihre feuchte Muschi. Ihr Körper bebte unter dieser Berührung.

Sie drückte ihren Rücken durch und presste sich gegen ihn, wollte noch mehr Berührung, noch mehr von diesen Empfindungen, die immer stärker wurden. Er rieb mit einem Finger ihren Kitzler, und eine Woge der Erregung ergriff sie, sodass sie ihre Hüften kreisen ließ, um diesem Gefühl nachzujagen. Er behielt den Druck seines Fingers bei, bis sie ihren Höhepunkt erreichte. Fast hätte sie laut aufgeschrien, doch Kyle hatte es geahnt und presste seine Lippen fest auf ihre.

Sie bebte immer noch, während ihr Orgasmus langsam verebbte, und sie ließ sich zurück gegen die Couchlehne fallen. Als sie die Augen öffnete, sah sie, dass er sie unverwandt ansah. Sie streckte ihre Hand nach ihm aus und strich über seinen harten Ständer.

Er schüttelte den Kopf und griff nach ihren Handgelenken. »Das hier war nur für dich.« Er half ihr, ihre Jeans wieder hochzuziehen und zu schließen. »Bei dem, was als Nächstes kommt, geht's um uns beide.«

Sie wusste, dass er nicht nur über Sex sprach. »Ich will mehr Zeit mit dir verbringen. Ich kann nur keine Versprechungen für die Zukunft machen.«

»Keine Sorge«, versicherte er ihr. »Da sind wir der gleichen Meinung. Schaff einfach nur Zeit für mich in deinem Leben, dann habe ich schon, was ich will.«

Erleichtert stieß sie die Luft aus und lächelte. Das ging für sie in Ordnung. Sie wollte ihn ja wieder in ihrem Leben haben. »Okay.«

»Okay.« Mit einem zufriedenen Grinsen zog er sie zum Sitzen hoch. »Also, wann kann ich dich wiedersehen?« Selbstverständlich nutzte er seinen Vorteil.

»Ich sag dir Bescheid, wenn Nicky nächstes Mal woanders übernachtet oder mein Bruder auf ihn aufpasst. Ich denke, er wird selbst danach fragen, wann sie den heutigen Abend nachholen können, sobald es ihm wieder besser geht.«

»Gut.« Kyle stützte die Hände auf seine Oberschenkel. »Ich hasse es, das anzusprechen, aber ich frage trotzdem: Wirst du zur Beerdigung deiner Ex-Schwiegermutter gehen müssen?«

Andi schüttelte den Kopf. »Sie hat mir mal gesagt, sie wolle nur eine ganz kleine Beisetzung. Außerdem gehöre ich nicht mehr zur Familie und will es Nicky auch nicht zumuten. Besonders weil die Möglichkeit besteht, dass sein Vater dort auftaucht.« Sie rieb sich die Arme, allein beim Gedanken bekam sie schon eine Gänsehaut, weil das natürlich gar nicht mal so unwahrscheinlich war.

»Aber diesmal bist du nicht allein, richtig?« Er sah ihr in die Augen, sein Blick war liebevoll und ruhig.

Aber sie würde immer allein sein. Mit dieser Gegebenheit hatte sie sich längst abgefunden, um auch weiterhin selbst über ihr Leben bestimmen zu können.

Dennoch verstand sie, was er meinte. »Ich weiß.« Sie würde Kyle aber heute genauso wenig Billys Launen und

Bedrohungen aussetzen wie in der Vergangenheit, sondern ihn wieder schützen. Allerdings hatte sie nicht vor, sich darüber mit ihm zu streiten.

Seit ihrer Scheidung hatte sie viel gelernt, seit sie das junge Mädchen gewesen war, das sich von Billy hatte schikanieren lassen. Hatte sie immer noch Angst vor ihm? Ja. Würde sie Billy wieder schützen und seine Taten für sich behalten? Nie wieder!

Sie würde es nicht zulassen, dass er noch einmal – auf welche Art auch immer – ihre Gegenwart bestimmte. Nur dann, wenn sie wieder unmittelbar mit ihm konfrontiert war. Sie schaute zu Kyle auf und nahm sein Gesicht in ihre Hände. »Ich will nur das Hier und Jetzt genießen. Die Zeit mit dir.«

»Gleichfalls«, erwiderte er, beugte sich vor und ließ seine Lippen über ihre wandern.

KAPITEL 5

Die nächste Gelegenheit, Kyle wiederzusehen, kam schneller als Andi gedacht hatte. Denn in der darauffolgenden Woche kam ein Anruf von Kane, der ihr anbot, am Samstagabend mit Nicky ein Spiel im Yankee-Stadion anzuschauen, wo die Mannschaft gegen seinen Favoriten, die Boston Red Sox, spielte. Allerdings hatte sich Kyle, als sie ihn anrief, um ihm zu sagen, dass sie an diesem Abend Zeit hätte, bereits mit Ryan Mueller im Blue Wall verabredet. Doch wie es der Zufall wollte, war Georgias Ehemann gerade verreist, weshalb diese Andi später fragte, ob sie Lust hätte, Samstagabend mit ihr auszugehen. Andi schlug das Blue Wall vor, weil sie wusste, dass sie Kyle dort über den Weg laufen würde und ihn überraschen könnte.

Es war schon lange her, seit sie sich das letzte Mal für ein Treffen mit einem Mann zurechtgemacht hatte, aber heute Abend würde sie nichts dem Zufall überlassen. Sie duschte und rasierte sich die Beine, wusch sich mit ihrem nach Pfirsich duftenden Lieblings-Duschgel und cremte sich danach mit einer Feuchtigkeitscreme ein, um ihre Haut zart und weich zu machen. Auch wenn es schon über eine Woche her war, kribbelte ihr ganzer Körper immer noch wie verrückt, wenn sie an den Orgasmus dachte, den Kyle ihr beschert hatte. Das Verlangen, ihm näher zu sein, wuchs mit jedem Tag.

Georgia bot an zu fahren, was Andi gerne annahm. So könnte sie sich, wenn sie Lust dazu hätte, einen oder zwei Drinks genehmigen oder einfach entscheiden zu gehen, um die Nacht mit Kyle zu verbringen. Darüber hatte sie schon die ganze Woche nachgedacht. Das Wissen, dass sie beide der gleichen Meinung waren, was Erwartungen anging, machte es ihr einfacher, die Dinge laufen und sich sexuell auf ihn einzulassen, weil er dafür nichts Emotionales von ihr erwartete. Im Moment glaubte sie einfach nicht, dass sie sich gefühlsmäßig auf ihn einlassen könnte, jedenfalls nicht, wenn sie so fest entschlossen war, unabhängig und selbstständig zu sein. Und er schien das zu verstehen.

Bei dem Gedanken, wieder mit Kyle zusammen zu sein, richteten sich ihre Brustwarzen unter ihrem Mieder auf. Sie stieß die Luft aus und zog sich einen leichten Pullover mit V-Ausschnitt über, den sie wieder ausziehen konnte, falls es in der Bar zu warm sein sollte. Sie kombinierte ihn mit engen Jeans und hohen Stiefeln.

Ein letzter Blick in den Spiegel führte zu dem Schluss, dass ihr gefiel, was sie sah. Sie schüttelte ihr Haar auf und trug noch einmal etwas Lipgloss auf, bevor sie zur Tür ging, um auf Georgia zu warten.

Das Blue Wall war der beliebteste Ort, den man in Rosewood Bay am Abend besuchen konnte, mit einem netten Restaurant auf der einen und einer exklusiven Bar auf der anderen Seite des Gebäudes. Da sie lange Zeit dort als Hostess gearbeitet hatte, war Andi mit den Abläufen des Restaurants mehr als vertraut, in ihrer Freizeit aber nur selten hergekommen.

Als sie im Blue Wall ankam, herrschte dort erwartungsgemäß bereits reges Treiben, schließlich war es Samstagabend. Beim Eintreten in die Bar hatte sie Schmetterlinge im Bauch.

»Es kommt selten vor, dass ich abends mal ohne meinen Mann ausgehe«, meinte Georgia, während sie sich ihren Weg durch die Menschenmenge bahnten.

»Es kommt selten vor, dass ich abends überhaupt mal ausgehe«, erwiderte Andi trocken. Sie fand es aufregend, heute Abend hier zu sein, einfach nur einmal Frau und nicht nur Mutter zu sein, zu flirten und einfach den Abend zu genießen. Sofern sie den Mann finden konnte, nach dem sie Ausschau hielt.

»Was möchtest du trinken?«, erkundigte sich Georgia, als sie die Bar erreichten.

»Weißweinschorle.«

»O! Das nehm ich auch.« Georgia drehte sich um, um zu bestellen, und Andi schaute sich um, konnte Kyle allerdings nirgends entdecken. Sie schluckte ihre Enttäuschung hinunter und wartete, dass Georgia sich mit den Drinks zu ihr umdrehte. Andi würde dann die nächste Runde bezahlen.

Wegen all der Menschen um sie herum wurde ihr ganz warm, deshalb zog sie den Häkelpulli über den Kopf und hängte ihn sich über den Arm. Sie zupfte das Mieder zurecht, sodass es wieder richtig saß. Genau in dem Moment drehte sich Georgia um und reichte ihr ein Glas.

»Danke!«

Zusammen gingen sie weiter und fanden schließlich einen freien Platz, wo sie bleiben konnten. Andi nahm einen Schluck von dem schäumenden Getränk.

»Du hast erwähnt, Kyle Davenport wäre letzte Woche zum Abendessen zu dir gekommen. Erzähl doch mal!« Georgia strich sich eine Strähne ihres gewellten, blonden Haars hinter ihr Ohr und beugte sich näher, um Andi bei dem Lärm in der Bar besser verstehen zu können.

Andi nahm an, dass ihre roten Wangen sowieso schon alles beantworteten, antwortete ihrer Freundin aber trotzdem. »Als Kinder waren wir beste Freunde, aber jetzt ist zwischen uns alles irgendwie aufgeheizter.«

»O mein Gott! Du bist doch sonst nie an Männern interessiert! Lehnst ab, dass ich dich mit wem verkupple! Das mit ihm muss also wirklich was bedeuten!«

Augenblicklich schüttelte Andi den Kopf. »Nein, daraus darf nichts Ernstes werden. Wir lernen uns gerade nur wieder neu kennen und überschreiten dabei vielleicht auch neue Grenzen. Aber ich bin Mutter und muss mich auf mich und meinen Sohn konzentrieren.«

Sie warf ihrer Freundin einen Blick zu und bemerkte, dass diese sie skeptisch musterte.

»Wir werden ja sehen. Immerhin machst du mal den ersten Schritt. Du hast es wirklich verdient, jemanden in deinem Leben zu haben, der gut zu dir ist. Und vor allem freu ich mich für dich.«

Andi lächelte. »Danke.« Sie war fest entschlossen, es dabei zu belassen.

»Ladys.« Ein blonder Mann, den sie noch nie gesehen hatte, stellte sich plötzlich zu ihnen. »Was stehen zwei so hübsche Frauen wie ihr hier so ganz allein herum?«

Georgia begegnete Andis Blick, aber diese schüttelte als Antwort den Kopf.

Georgia zeigte dem Mann ihren Ehering. »Sorry, aber ich bin schon vergeben.«

»Und das Gleiche gilt für sie«, hörte Andi eine männliche Stimme sagen, die ihr bekannt vorkam, und bevor sie in irgendeiner Weise reagieren konnte, trat Kyle auch schon zwischen sie und den fremden Mann und schlang einen Arm um ihre Taille. Die Wärme seines Körpers und der Moschusduft seines Rasierwassers reizten ihre Sinne, und sie lehnte sich an ihn, heilfroh, dass er den anderen Mann verscheuchte. Dieser kapierte sofort und schlenderte weiter auf der Suche nach der nächsten Gruppe Single-Frauen.

»Mein Held«, neckte Andi Kyle. »Danke, dass du mich gerettet hast.«

Er sah ihr in die Augen, sein goldbrauner Blick war leidenschaftlich und fest. »Ich werde doch keinen anderen Mann in deine Nähe lassen, wo ich so lange gebraucht habe, um dich endlich zu kriegen.«

»Aaah, jetzt sieh sich einer die beiden hier an!« Georgia hob ihren Drink und prostete ihnen beifällig zu. Dann schaute sie sich demonstrativ um und meinte: »Ich sehe da gerade wen, mit dem ich mich unterhalten muss. Wir sehen uns später, Andi. Tschüss, Kyle.« Übertrieben winkte sie ihnen mit ihrer freien Hand zu und ließ sie allein.

»Also ...« Er sah sie erneut an. »Das ist ja eine nette Überraschung.«

Sie zuckte die Achseln, zog sich jedoch nicht aus seiner Umarmung zurück. Sie mochte das Gefühl seines Arms, den er um sie gelegt hatte. »Ich dachte, es könnte dir vielleicht gefallen. Als Georgia meinte, dass sie ausgehen will, hab ich das Blue Wall vorgeschlagen.«

Er griff nach ihrer Hüfte und zog sie besitzergreifend an sich. »Um nach mir Ausschau zu halten?«

Sie schaute zu ihm auf, ließ seine sexy Bartstoppeln und seinen kräftigen Kiefer auf sich wirken. »Kann schon sein.«

»Dann hab ich ja Glück gehabt. Kann ich dir noch einen Drink holen?«

»Nein, danke. Ich hab noch was.«

Er trat einen Schritt zurück und ließ anerkennend seinen Blick über sie schweifen. »Sie sehen gut aus, Ms. Harmon.«

Sie straffte die Schultern, gleichermaßen erfreut, dass er sie mit eindeutigem Interesse musterte und dass ihm gefiel, was er sah. »Danke, Mr. Davenport.« Sie klimperte kokett mit den Wimpern, und er grinste.

Aber plötzlich überkam sie ohne Vorwarnung ein Schaudern. Sie schaute über ihre Schulter, denn sie hatte das Gefühl, als würde sie beobachtet. Mit zusammengekniffenen Augen sah sie sich suchend um, und ihr Blick fiel auf einen Mann, der ihr bekannt vorkam und gerade hinter der Wand verschwand, wo es zu den Toiletten ging. Sie schüttelte den

Kopf. Er erinnerte sie nur an Billy, das war alles. Sie war bloß ein bisschen paranoid.

»Stimmt irgendwas nicht?«, erkundigte sich Kyle und lenkte damit ihre Aufmerksamkeit wieder auf ihn.

»Nein, alles okay.« Sie schaffte es zu lächeln. Sie würde es nicht zulassen, dass irgendetwas ihre gemeinsame Nacht ruinierte. »Musst du wieder zurück zu Ryan?«

Er schaute zur Bar, und als sie seinem Blick folgte, sah sie, dass Ryan dort seine Freundin getroffen hatte.

»Nee. Der kommt auch ohne mich ganz gut klar.«

»Schön.« Somit konnten sie den Abend zusammen verbringen, und sie hatte nicht vor, etwas davon zu verschwenden.

★ ★ ★

Kyle hatte sich an seinem Bier festgehalten und sich mit Ryan über dessen aktuellen Zivilprozess unterhalten, als er Andi und ihre Freundin Georgia erblickte, die auf der anderen Seite der Bar miteinander plauderten. Es reichte ihm schon, sie zu beobachten, denn sein Körper regte sich allein bei ihrem Anblick – sie sah entspannt und fröhlich aus, nippte an ihrem Getränk, das nach Wein aussah, und lächelte ihre Freundin an. Bis sich ihnen ein Kerl mit einem interessierten Glänzen in den Augen näherte.

Da wusste Kyle, dass er einschreiten musste. Seine Alphatier-Instinkte übernahmen die Kontrolle, alles in ihm schrie, dass sie nur ihm gehörte. Obwohl er natürlich nicht so dumm war, ihr das zu sagen angesichts dessen, dass sie bei der bloßen Erwähnung des Worts *Beziehung* schon nervös wurde und unglaublich hartnäckig darin war, die Dinge zwischen ihnen locker und ungezwungen zu belassen. Das konnte er für sie tun, wobei er sie mit der Zeit immer stärker an sich binden würde. Zumindest war das sein Plan.

Als der Typ sie anmachte, ging Kyle dazwischen, und Andi schien darüber nicht verärgert zu sein. Sie hatte sogar gesagt, sie sei hergekommen, weil sie gewusst hatte, ihn hier zu treffen. Sie waren sich gerade darüber einig geworden, dass Ryan auch alleine klarkäme, als ein langsamer Song durch die Lautsprecher ertönte. Er schaute zu der kleinen Tanzfläche, auf der sich eine Handvoll Menschen zu der Musik wiegte.

»Kommst du mit?«, fragte er und hielt ihr seine Hand hin.

Sie reichte ihm ihre. »Na klar.«

Sie stellten ihre Getränke ab, und er führte sie auf die Tanzfläche. Dort zog er sie in seine Arme und an seine Brust, nahm ihre Hand und wirbelte sie im Takt der Musik herum. Die Tanzfläche füllte sich, sie wurden näher aneinandergedrückt, und ihre Bewegungen wurden langsamer. Nicht dass es ihm etwas ausgemacht hätte. Ihre aneinandergepressten Körper fühlten sich völlig natürlich und richtig an und verstärkten nur noch das wachsende Verlangen zwischen ihnen.

»So habe ich mir uns nie zusammen vorgestellt«, gestand sie ihm, während sich ihre Hüften im Gleichklang zur Musik neigten.

Sein Herz dröhnte förmlich in seiner Brust, als sie über

diese eine bestimmte Sache sprachen, die er in all den Jahren für sich behalten hatte. »Ich schon. Ich hätte nur niemals gedacht, dass mein Wunsch je wahr würde.«

»Echt? Du hast dir vorgestellt, dass zwischen uns mehr als nur Freundschaft wäre? Sogar als wir noch jünger waren?«, fragte sie, sichtlich erstaunt über sein Geständnis.

Er nickte, und sein Körper pulsierte zustimmend in dieser Sehnsucht nach ihr, die schon immer ein vertrautes Gefühl für ihn gewesen war – mit dem Unterschied, dass diese Sehnsucht jetzt näher davor stand, sich zu erfüllen. »Ich war einfach zu jung und hatte zu viel Angst, um dir die Wahrheit zu sagen. Und dann war es zu spät.«

»Billy …«, sagte sie, und ein Schauder erfasste ihren Körper.

Er schlang seine Arme fester um sie. »Den werden wir heute Nacht nicht zwischen uns kommen lassen.«

Beziehungsweise nie wieder.

Bei seinen Worten musste sie lächeln, und ihre Miene hellte sich zustimmend auf. »Mir gefällt deine Art zu denken.« Sie sah ihn an, und er senkte den Kopf, seine Lippen trafen auf ihre.

Er hörte auf zu tanzen, war nur noch auf ihren Mund konzentriert, küsste sie und ließ sie dadurch ohne Worte wissen, wie schnell sie ihm die Sinne geraubt hatte. Beziehungsweise dass er sich noch einmal in sie verliebte, dieses Mal richtig, weil er die Gelegenheit bekam, sie in all ihren Facetten kennenzulernen, und ihr nun auch das Verlangen zeigen konnte, was ihm noch nie zuvor möglich gewesen war.

Er schlang seine Arme um ihre Taille, zog sie näher zu sich, und seine Fingerspitzen wanderten nach unten zu ihrem Hintern. Verlangen pulsierte in ihm, sein Schwanz war hart, und er wusste, dass er nicht mehr länger in der Öffentlichkeit bleiben konnte.

»Willst du hier weg?« Und damit sie ihn nicht missverstehen konnte, rieb er seine heiße Leiste an ihrer.

Ihr Blick verdunkelte sich, und er las darin das gleiche Verlangen, das auch in ihm hämmerte. Sie nickte.

»Zu mir«, sagte er daraufhin und nahm ihre Hand.

»Ja.«

Auf dem Weg nach draußen sagte sie Georgia noch kurz Bescheid, dass sie jetzt mit Kyle ginge und keine Heimfahrt bräuchte. Dann waren sie auch schon bei seinem Wagen, und er half ihr beim Einsteigen. Kyles Sedan war neu, er hatte ihn sich nach seiner Heimkehr nach Rosewood Bay angeschafft, und gewöhnlich registrierte er beim Einsteigen immer sofort den Geruch des neuen Autos. Doch als er sich diesmal auf dem Fahrersitz niederließ, wurde er von Andis Duft überrascht – der berauschende, fruchtige Geruch drang ihm in Haut und Sinne.

Er verstärkte seinen Griff um das Lenkrad, und die Fahrt zu ihm nach Hause wurde zu einer Geduldsprobe, die auch seine Fähigkeit, sich zu kontrollieren, herausforderte. Schließlich wollte er nichts anderes, als an den nächsten Straßenrand zu fahren, Andi auf seinen Schoß zu ziehen und tief in sie zu stoßen.

Er schluckte und beschloss, noch einmal auf Nummer sicher zu gehen, dass sie wirklich beide das Gleiche wollten.

»Noch irgendwelche Bedenken?«, fragte er sie und gab ihr dadurch die Möglichkeit, es sich noch mal anders zu überlegen.

Als Antwort bewegte sie ihre Finger langsam über die Mittelkonsole und legte eine Hand auf seinen Schenkel. Die Berührung brannte sich förmlich durch den Stoff in seine Haut, und ihre Finger drückten sich in seinen Schenkel. »Ganz und gar nicht. Eigentlich habe ich mich gerade gefragt, ob du nicht schneller fahren kannst.« Ihre Mundwinkel hoben sich zu einem sexy Lächeln.

Da hatte er seine Antwort.

Ein paar Minuten später voller sexueller Spannung fuhr er in die Einfahrt seines Hauses und betätigte den elektrischen Türöffner der Garage. Drinnen schaltete er den Motor aus, ging um das Fahrzeug herum zu Andis Wagenseite und war ihr beim Aussteigen behilflich.

Seine Hand lag auf ihrem Kreuz, sein Herz hämmerte wie wild in seiner Brust. Er schloss die Tür auf. Beim Kauf des Hauses hätte er nie gedacht, dass Andi es eines Tages betreten und danach die Tür hinter ihnen beiden zuziehen würde.

Er brachte sie in die Küche, ließ die Schlüssel in eine Schale fallen, drehte sich zu ihr um und zog sie in seine Arme. Sie kam ihm auf halbem Weg entgegen, ihre Münder trafen sich, und sie verschmolzen miteinander. Ihre Körper pressten sich aneinander, als könne es nicht schnell genug gehen.

Seine Zunge glitt zwischen ihre Lippen, verschlang sie, schob sich vor und zurück, und er hörte erst auf, sie zu küssen, als er es nicht mehr länger erwarten konnte, endlich ihre nackte Haut zu berühren.

»Schlafzimmer …«, sagte er, griff nach ihrer Hand und führte sie zu einem Raum im hinteren Teil des Hauses, wohin ihnen das Licht der Lampe, die er angelassen hatte, den Weg wies.

Kaum lagen sie auf dem Bett, stürzten sie sich erneut aufeinander, Lippen prallten aufeinander, Zungen wanden sich umeinander, Finger verkrallten sich in den Haaren des anderen. Bisher hatte er noch nie eine Frau in dieses Haus mitgenommen, es hatte in Rosewood Bay einfach keine gegeben, die ihn genügend interessiert hätte. Bei Andi war das anders. War es schon immer gewesen.

Sie löste sich von seinen Lippen, griff nach dem Saum seines Shirts und zog es ihm über den Kopf. Ihre Hände wanderten seinen Bauch hinauf, glitten über seine Haut, was ihm Stromstöße durch die Nervenenden jagte.

»Ich kann mich nicht erinnern, dass du früher auch schon so gut in Form warst«, murmelte sie, ganz offensichtlich zufrieden mit dem, was sie sah und unter ihren Handflächen fühlte.

»Ich mache Sport«, erwiderte er.

»Das sieht man, und es gefällt mir.« Flüchtig berührte sie mit ihren Fingernägeln seine Nippel, was seinen Penis zucken ließ.

Er schnappte sich ihre Hände und zog sie von sich weg und beiseite. »Das freut mich. Aber jetzt will ich mich nur noch auf dich konzentrieren.« Er wollte sehen, wie sie sich unter seinem Mund und seinen Fingern gehen ließ und auflöste, und wenn er dann in ihr war, ihren weichen, schweiß-nassen Körper betrachten.

»Das hast du schon mal gemacht«, meinte sie und errö-tete.

Daran musste er nicht erinnert werden. Das Gefühl ih-rer feuchten Muschi unter seinen Fingerspitzen war ihm immer noch gegenwärtig, und jetzt wollte er sie wieder spüren.

Und sie in all ihrer nackten Pracht sehen. »Und ich werde es wieder tun. Komm, wir ziehen dich aus.«

Doch bevor er nach ihr greifen konnte, hatte sie sich schon ihrer Sandalen und ihres Oberteils entledigt und trug jetzt nur noch die Jeans und ihren BH, der die Wölbungen ihrer Brüste preisgab, die sich aus den Cups ihres BHs nach oben drückten. Sie griff hinter sich und zog als Nächstes dieses hauchdünne Kleidungsstück aus. Der Anblick ihrer Nacktheit ließ seinen Mund trocken werden, und sein Penis drückte hart gegen seine Hose.

Sie sah ihn unverwandt an, während sie ihre Jeans auf-knöpfte, ihre Finger in den Bund hakte und die Hose zu-sammen mit ihrem Slip langsam ihre langen Beine hin-unterzog.

Diese Andi, die Sirene mit dem braunen Haar, das ihr über die Schultern fiel, war alles, was er sich je erträumt hatte, schoss ihm durch den Kopf, während sie ihn weiter-hin ansah und schließlich in herrlicher Nacktheit vor ihm stand.

»Jetzt du«, sagte sie mit Blick auf die pralle Wölbung sei-ner Erektion.

Er hatte kein Problem damit, mit ihr gleichzuziehen, und riss sich unverzüglich die Klamotten vom Leib und warf sie auf dem Fußboden auf einen Haufen.

★ ★ ★

Andi stand vor Kyle, ihre Brustwarzen richteten sich auf, aufgrund der kühlen Luft und seines begehrlichen Blicks. Und während er sich auszog und den knackigen, männlichen Körper enthüllte, den sie sich bis dahin nur vorgestellt hatte, schaltete ihr brachliegender Hormonhaushalt in den höchsten Gang.

»Davon hab ich geträumt«, sagte er. Seine Worte umspülten sie und ließen sie noch feuchter zwischen den Schenkeln werden. »Von dir.« Er hob ihr Kinn und legte seine Lippen auf ihre. Sie fühlte sich, als würde sie von Flammen verzehrt, und Verlangen rauschte wie ein Flächenbrand durch ihren ganzen Körper.

Das Nächste, was sie mitbekam, war, dass er sie auf die Matratze drückte. Sein großer, kräftiger Körper legte sich auf sie. Das Spüren seiner Wärme ließ sie seufzen, seine starke Erektion, die er an ihrer Muschi rieb, brachte sie zum Stöhnen. Sie fuhr mit einem Fuß über seine behaarte, raue Wade und schloss die Augen bei diesem Gefühl, dass er gerade auf ihr lag.

Sie arbeiteten sich ans Kopfende und er richtete sich auf, um sich auf sie zu setzen, wobei sein Schwanz an ihrer feuchten Muschi entlangglitt. Er nahm ihre Brüste in seine Hände und rollte ihre Nippel zwischen Daumen und

Zeigefingern. Sie drückte den Rücken durch und reckte sich ihm dadurch entgegen, die Empfindungen, die er ihr entlockte, steigerten ihre Erregung noch, Lust erfüllte sie von ihren Brüsten bis hinunter zu ihrem Kitzler und kam ihr vor wie ein lebendiges, atmendes Etwas in ihrem Inneren.

Fast ehrfürchtig schaute er auf sie herunter, während seine Hand über ihren Bauch nach unten fuhr und seine Finger weiter zu ihrer Muschi wanderten. »Ich sorg jetzt dafür, dass du kommst«, versprach er ihr. Behutsam schob er seinen großen Körper nach unten, bis sein Gesicht auf gleicher Höhe mit ihrer Muschi war.

Er wartete nicht lange, sondern fing sofort an, über ihren Kitzler zu lecken, vor und zurück, sie erbarmungslos zu reizen. Sie stöhnte und wand sich, aber er war resolut und hörte nicht auf, seine Hände lagen auf ihren Schenkeln, sein Mund verschlang sie förmlich, und er leckte sie dort, wo sie ihn am nötigsten hatte. Er brauchte nicht lange, um sie zum Höhepunkt zu treiben, zu einem schnellen, aber umfassenden und explosionsartigen Orgasmus, der sie in seiner Intensität fast erschreckte.

Danach entspannte sie sich ausgestreckt auf dem Bett, und als sie ihre Augen wieder öffnete, war sein Gesicht direkt vor ihrem, und seine Augen glänzten zufrieden. »Das war erst der Anfang«, sagte er. Es klang wie ein Versprechen.

Er fuhr mit seinen Lippen über ihre, und sie schmeckte sich selbst, überrascht über die Intimität dieser Geste. Sein Schwanz drängte sich hart und beharrlich gegen ihren

Körper, und sie drückte sich stöhnend hoch. Verwirrt merkte sie, dass erneut Wellen der Lust in ihr aufbrandeten.

Er unterbrach den Kuss und sah für einen Moment mit sanftem Blick zu ihr hinunter, bevor er sich zurückzog. »Kondom«, murmelte er und öffnete eine Nachttischschublade.

Sie sah ihm dabei zu, wie er eine Verpackung aufriss und sich das Kondom über seinen dicken Ständer zog. Sie schluckte, denn sie war sich bewusst, dass es schon etwas her war, seit sie das letzte Mal Sex gehabt hatte. Seit sie irgendeinem Mann erlaubt hatte, in sie einzudringen, beziehungsweise sie sich selbst das Vergnügen bereitet hatte. Genau genommen konnte sie sich nicht einmal daran erinnern, wann zum letzten Mal ihr Sex wirklich Spaß gemacht hatte.

Aber mit Kyle war es so und sogar noch mehr. Er schenkte ihr seine volle Aufmerksamkeit, was für sie ebenfalls völlig neu war. Aber jetzt waren sie beide an der Reihe.

Er positionierte sich vor ihrer Muschi. Sie merkte, wie feucht und bereit sie war, und obwohl er zunächst mühelos in sie glitt, war sie eng, und er verharrte kurz, bevor er richtig in sie stieß. Sie schnappte nach Luft und fühlte, wie ihr Körper nachgiebiger wurde und sich ihm anpasste. Fast augenblicklich spürte sie, wie er das Tempo beschleunigte, eine unmittelbare Wirkung ihrer Muschi, die sich um seinen Schwanz schloss.

»Verdammt, das fühlt sich so gut an. Mach das noch mal.«

Mit einem Grinsen zog sie ihre Scheidenwände erneut zusammen, woraufhin er ein tiefes Stöhnen von sich gab,

das durch seinen ganzen Körper vibrierte und auch Auswirkungen auf ihren hatte.

»Ja, genau so.« Er stützte seine Hände neben ihren Schultern ab, glitt aus ihr heraus und stieß dann wieder tief in sie
hinein. Allein die Breite und Länge seines Penis reichten,
dass Schauerwellen durch ihren ganzen Körper gingen.

Sie packte seine Schultern und grub ihre Nägel tief in
seine Haut, als seine Bewegungen gleichmäßiger wurden.
Er hob ihre Hüften an, während er immer wieder in sie
stieß und sie ausfüllte. Und mit jedem Aufeinanderpral-
len ihrer Körper flog sie höher und tief in ihrem Inneren
wuchsen Empfindungen, immer stärker und immer mäch-
tiger.

Er schob eine Hand zwischen ihre Körper und strich mit
den Fingerspitzen über ihren Kitzler und drückte zu, als sie
erbebte. »O mein Gott.« Sie stöhnte, und er begann noch
stärker zu reiben. Er hielt sie fest, während er an ihrem
Kitzler herumspielte, bis die Empfindungen sie überwäl-
tigten. Sie zog ihn fest an sich und kniff ihn in die Schultern, als sie kam, Sternchen tanzten hinter ihren Augenlidern, Wärme und ein herrliches Gefühl breiteten sich in
ihr aus.

Plötzlich stöhnte er, zog seine Hand weg, machte sich
bereit und begann dann wieder in sie zu stoßen. Er traf
sofort die richtige Stelle, als würde er ihren Körper schon
genau kennen. Sie spürte ihn in sich, wie er seinen Claim
absteckte, sie unauslöschlich markierte. Und ihr eine Seite
am Sex zeigte, die sie bisher noch nicht gekannt hatte.

Immer wieder stieß er in sie, und jedes Mal näherte sie

sich einem weiteren Höhepunkt. Und dann dauerte es auch nicht mehr lange, bis sie ihren zweiten Orgasmus hatte, sie flog förmlich, und die Empfindungen dabei waren anders als alles, was sie jemals zuvor erlebt hatte. Es fühlte sich an, als hätte er auf sie gewartet und nun endlich die Erlaubnis bekommen. Er hielt kurz inne, und sein großer Körper zitterte, als er ebenfalls kam.

Danach rollte er sich auf die Seite und sank neben ihr zusammen. Sein Körper war warm und fest, wo er ihren berührte. Nach ein paar Minuten des Schweigens, in denen beide nach Luft schnappten, drehte er sich zu ihr um und sah ihr in die Augen.

»Alles in Ordnung?«, fragte er und strich ihr eine Haarsträhne aus dem Gesicht.

»Ja. Mir geht's gut.« Sie biss sich auf die Innenseite ihrer Wange, bevor sie zugab: »Eigentlich sogar besser als gut. Mir geht's super!«

Er sah sie mit seinem ruhigen, forschenden Blick an und forderte sie damit auf weiterzusprechen.

»Es ist nur ... Ich bin nicht daran gewöhnt, dass sich jemand zuerst um meine Bedürfnisse kümmert. Und währenddessen auch. Das war eine sehr aufschlussreiche Erfahrung.« Trotz des Ernsts ihrer Worte fühlte sie sich wohl damit, Kyle diese Wahrheit einzugestehen.

Bei ihrem Geständnis versteinerte sich seine Miene. »Das ist eine Schande! Du solltest immer kommen ... als Erste, als Zweite und währenddessen auch.« Sein Gesichtsausdruck wurde wieder sanfter aufgrund des neckenden Grinsens, das seine Lippen hob.

Sie lachte, dankbar für seinen Versuch, das Gespräch aufzulockern.

»Warte mal kurz. Bin gleich wieder da.«

In den stillen Minuten, in denen er im Bad verschwunden war, fragte sie sich, ob sie sich anziehen und gehen sollte. Sie wollte, dass das Ganze zwischen ihnen ungezwungen blieb, und sie hatte nicht das Recht, davon auszugehen,
dass er sie gerne noch länger bei sich haben wollte.

Sie rollte sich an den Bettrand, und er kam genau in dem
Moment aus dem Bad, als sie ihre Füße auf den Fußboden
stellte.

Sein nackter Körper war wirklich ein göttlicher Anblick.
Er rutschte aufs Bett und drängte sich neben sie. Dann zog
er Andi mit einer schnellen Bewegung wieder zurück. »Wo
willst du denn hin?«, fragte er.

»Nach Hause?« Es klang mehr nach einer Frage als nach
einer Antwort.

»Nö. Außer, du musst wegen Nicky zurück?«

Sie schüttelte den Kopf. »Er ist bei meinem Bruder,
aber ...«

»Kein *Aber*. Du bleibst. Wer weiß, wann wir das nächste
Mal wieder die Chance kriegen, eine Nacht für uns allein
zu haben.«

Andi atmete aus, ihre Schultern entspannten sich. Sie
hatte gar nicht bemerkt, dass sie die Luft angehalten hatte.
Weder konnte sie seinen Argumenten etwas entgegenset-
zen noch die Tatsache leugnen, dass sie hier bei ihm bleiben
wollte.

»Okay«, erwiderte sie.

Er zog sie in die Arme, schob ein Bein über ihres, und sie rollten sich in eine gemütliche Position.

»Warte.« Er schaltete die Lampe neben dem Bett ein.

Sie schloss die Augen, sein Körper war verlässlich und sicher an sie geschmiegt. Sie atmete ein und wieder aus und versicherte sich selbst, dass nur weil sie die Nacht mit Kyle verbringen würde, dies nicht automatisch bedeutete, zu tief in diese Geschichte mit ihm hineingezogen zu werden.

★ ★ ★

Als Andi aufwachte, lag sie allein in einem fremden Bett. Sie streckte sich, dabei wurde ihr bewusst, wo sie war, als ihr einfiel, dass sie letzte Nacht bei Kyle geblieben war. Nachdem sie mit ihm geschlafen hatte. Mehr als nur einmal, weil sie mitten in der Nacht aufgewacht waren und dann verschlafen Sex miteinander gehabt hatten, was unglaublich gewesen war und sich noch inniger angefühlt hatte als beim ersten Mal.

Wie er ganz langsam in sie eingedrungen war, das leichte Gleiten seines Körpers in ihren hinein und dann wieder heraus. Die Wärme seiner Hände auf ihren Brüsten, sein Mund auf ihren Lippen. Sie zitterte bei der Erinnerung, ihre Brustwarzen richteten sich auf, und ihr Körper wurde nachgiebiger, als sie sich wünschte, er würde jetzt neben ihr im Bett liegen. Stattdessen stand sie auf und ging ins Bad. Sie bemerkte, dass er ihr ein Handtuch rausgelegt hatte, und nahm eine dringend benötigte Dusche. Sie verlor sich in dem moschusartigen Duft seines Duschgels, eine weitere Erinnerung an ihre gemeinsam verbrachte Nacht.

Nach dem Duschen zog sie sich die Klamotten von gestern Abend an – Stretchjeans, ihr Oberteil und den Pullover. Anschließend ging sie die Treppe runter, auf der sie bereits Lärm aus der Küche hörte. Beim Näherkommen stiegen ihr köstliche Essensdüfte in die Nase, und ihr Magen knurrte vernehmlich.

Sie betrat den Raum, und der Anblick, der sich ihr bot, raubte ihr schier den Atem. Kyle stand vor dem Herd in einer verwaschenen Jeans – und sonst nichts. Er war barfuß, und seine Rückenmuskeln spannten sich an, während er mit dem Pfannenwender in der Hand am Herd herumhantierte.

Sie schluckte. »Riecht total lecker, was machst du denn da?«, fragte sie und sah sich in der kleinen und offensichtlich erst vor Kurzem renovierten Küche um.

»French Toast.«

»O wow. Das nenne ich verwöhnt werden!«

»Ich hab mir gedacht, dass du wahrscheinlich eher nicht in den Genuss kommst, bekocht zu werden.« Er warf einen Blick über seine Schulter und schenkte ihr ein sexy Lächeln, dass ihr ganz warm und flattrig im Magen wurde und das ihre Lust weckte.

»Danke«, erwiderte sie mit heiserer Stimme.

»Ist mir ein Vergnügen.« Er drehte sich wieder zum Herd um, um den French Toast aus der Pfanne zu nehmen und auf einen Teller zu legen.

»Fertig. Kannst du mir mal den Sirup geben?«

»Na klar.« Sie holte den Ahornsirup und den Orangensaft aus dem Kühlschrank und stellte beides auf den Tisch, während sich Kyle um Gläser und Besteck kümmerte.

Sie musste einen Stapel Blätter auf dem Tisch beiseiteräumen, um Platz für sie beide zu schaffen. Es sah nach Klassenarbeiten aus, auf denen ein Rotstift lag. Sie betrachtete den Stift und grinste, als ihr etwas aus ihren Teenagerjahren einfiel. »Was ist denn aus dem Jungen geworden, der rote Tinte hasste?«

Für Kyle hatte die Farbe *Rot* immer Fehler und Misserfolg bedeutet. Er hatte nicht leiden können, wie die Farbe die Aufmerksamkeit auf seine Fehler lenkte.

Er lachte. »Der Junge wurde erwachsen und Lehrer.«

»Ein guter, fürsorglicher Lehrer.« Sie steckte sich eine Gabel French Toast in den Mund und stöhnte, weil es so lecker war.

Bei dem Geräusch schoss sein Blick sofort zu ihr.

»Du bist ein ganz toller Koch.«

Er grinste. »Ich esse einfach gern und wollte nicht ständig ins Restaurant rennen müssen, also hab ich's mir beigebracht.«

Er konnte sie zum Orgasmus bringen und sie vögeln wie ein Rockstar, und kochen konnte er auch noch. Er war wirklich eine gute Partie, dachte sie, schob diesen Gedanken jedoch eiligst wieder beiseite. »Tja, also ich bin wirklich beeindruckt. Ich gebe mein Bestes, um Nicky und mich zu verköstigen.« Sie zuckte mit den Schultern. »Bis jetzt hat er sich immerhin noch nicht beschwert.«

Kyle verschränkte die Arme auf dem Tisch. »Irgendwann

musst du mal für mich kochen, damit ich es persönlich in Augenschein nehmen kann.«

Sie blinzelte überrascht. »War das gerade eine Aufforderung zu einer Einladung?«

In der ihm eigenen Entschlossenheit sah er sie an. »Würdest du denn eine aussprechen?«

An diesem Punkt fürchtete sie, dass sie ihm alles geben würde, worum er sie bat. Sie steckte sich schnell ein weiteres Stück French Toast in den Mund und grinste bloß. Es gab keinen Grund, ihn wissen zu lassen, welche Wirkung er auf sie hatte. Als sie aufgegessen hatten, wischte sie sich den Mund ab und legte die Serviette auf den Tisch.

»Ich muss Nicky jetzt wirklich bei meinem Bruder abholen«, sagte sie, nachdem sie Kyle geholfen hatte abzuräumen, und trocknete sich die Hände an einem Geschirrtuch ab.

Er begleitete sie noch ins Schlafzimmer, um ihre Handtasche zu holen, und bevor sie sich von ihm verabschieden und gehen konnte, drehte er sie zu sich herum, zog sie in seine Arme und presste seine Lippen auf ihre. Sie stöhnte. Alle Bedenken, ihre Gefühle könnten zu ernst werden, verschwanden bei diesem Kuss.

Er schmeckte süß, nach Sirup mit einem Hauch Zimt. Ihr Kuss wurde leidenschaftlicher, weil sie mehr wollte, ihre Zungen spielten miteinander. Sie fuhr ihm mit den Fingern durch die Haare und hielt sich an ihnen fest, während er sich über ihren Mund hermachte. Offenbar würde er sie nicht gehen lassen, ohne sich ausgiebig von ihr zu verabschieden, und sie konnte sich nicht dazu durchringen, etwas dagegen zu haben.

Er schob seine Hände in die Gesäßtaschen ihrer Jeans und zog sie an sich, sein Schwanz drückte dabei dick und hart gegen ihre Muschi.

Er zog den Kopf zurück und holte tief Luft. »Wenn ich dich schon gehen lassen muss, dann brauche ich eine Entschädigung«, sagte er und tauchte ein weiteres Mal in ihren Mund. Seine Lippen auf ihren waren fest und fordernd, während er sich an ihr rieb und Verlangen sie erfasste.

Und bevor sie wusste, wie ihr geschah, trat er einen Schritt zurück.

»So!« Seine Lippen waren immer noch ganz feucht von ihrem Kuss. »Du wirst dich definitiv daran erinnern, wie gut wir zusammenpassen«, sagte er befriedigt. »Jetzt fahr ich dich nach Hause.«

Benommen von diesem sinnlichen Überfall, fiel ihr dennoch ein, dass sie ihr Auto nicht hier hatte und sie sich frische Sachen anziehen musste, damit, wenn sie Nicky bei ihrem Bruder abholte, nicht allzu offensichtlich wurde, dass sie nicht in ihrem eigenen Bett übernachtet hatte. Auch wenn sie sich keineswegs dafür schämte, was Kyle und sie getan hatten.

Sie war einfach nur überwältigt, aber auch besorgt, dass sie sich heillos in ihn verlieben könnte. Und das zu einem Zeitpunkt, an dem sie auf eigenen Füßen stehen musste.

KAPITEL 6

Andi war überrascht, als Phoebe bei ihr anrief und sie bat, sich trotz ihres vollen Tagesplans kurz mit ihr zum Lunch zu treffen. Da sie wusste, dass ihre Freundin sie nicht darum bitten würde, wenn es nicht wirklich wichtig war, bat Andi einen ihrer Angestellten, im Laden die Stellung zu halten, und traf sich dann mit Phoebe in Grace's Coffee Shop in der Stadt.

Sie betrat das bekannte Restaurant und entdeckte Phoebes platinblonden Schopf in der hintersten Ecke. Andi ging zu ihr und schob sich in die Nische neben sie.

»Hi«, begrüßte sie ihre Freundin und legte ihre Tasche neben sich.

»Hi! Danke, dass du dir Zeit für mich genommen hast.«

Andi sah Phoebe an. In ihrem cremefarbenen Kostüm und mit der Hochsteckfrisur sah sie aus, als käme sie gerade von einem Maklertermin. Wie immer war sie der Inbegriff von *perfekt und wunderschön*. Und eine gute Freundin war sie auch. »Also, was ist los?«, erkundigte sich Andi.

»Lass uns Kaffee und Essen bestellen. Ich würde mich zuerst gerne noch ein bisschen mit dir unterhalten.«

»Also gut.« Andi bestellte sich ein Geflügelsalat-Sandwich, Phoebe einen gemischten Salat. Beim Essen sprachen sie über ihre Kinder, die Schule und ihre Aktivitäten. Und sie darüber, wie stressig es war, eine berufstätige Mutter zu sein.

»Wie geht's Jake?«, erkundigte sich Andi.

»Wenn ich abends heimkomme, ist daran das Beste, dass er da ist«, antwortete Phoebe und klang dabei wie eine glücklich verheiratete Frau.

Andi lächelte. »Ich freue mich wirklich sehr für dich.«

»Was ist eigentlich an den Gerüchten dran, die ich über dich und Kyle Davenport gehört habe?«

»Gerüchte?«, fragte Andi verwundert.

»Guck doch nicht so schockiert. Wir wohnen schließlich in einer Kleinstadt. Die Leute reden. Ihr beide scheint euch ja wieder näherzukommen. Außer dass ihr diesmal ein bisschen was anderes als nur beste Freunde zu sein scheint?« Phoebe verschränkte ihre Arme vor der Brust und beugte sich vor, unverhohlen neugierig, mehr zu erfahren.

Andi war zwar nicht daran gewöhnt, über ihr Privatleben zu reden, aber das hier war nichts, was sie verheimlichen musste. Es war nicht so wie damals, als sie mit Billy zusammen gewesen war und sie blaue Flecke unter langen Ärmeln verstecken musste und ihre Traurigkeit hinter einem vorgetäuschten Lächeln.

»Kyle und ich … als Kinder und Teenager standen wir uns sehr nah. Waren gute Freunde. Falls er damals mehr empfunden hat, hat er sich jedenfalls nichts anmerken lassen. Hätte er etwas gesagt und hätte ich gewusst, dass er an mir interessiert ist, dann hätte ich mich damals vielleicht anders entschieden.« Sie schüttelte den Kopf, denn sie wusste, dass es nicht gut war zurückzublicken. »Aber heute ist er selbstbewusst und kämpft für das, was er will.«

»Und er will dich.« Phoebe grinste. »Es könnte dich sehr viel schlimmer treffen, als von einem heißen Lehrer umworben zu werden«, meinte sie dann lachend. »Und einem so guten Kerl wie Kyle.«

Andi spielte mit der unbenutzten Gabel auf dem Tisch herum. »Die Sache ist die: Ich bin wieder auf die Beine gekommen und habe ein gutes Leben. Ich kann für meinen Sohn sorgen, und es gibt keinen Mann, der mir sagt, was ich zu tun habe.«

»Kyle kommt mir nicht vor wie einer dieser Männer«, entgegnete Phoebe, deren Blick bei Andis Worten ein wenig traurig geworden war.

»Ich glaub ja auch nicht, aber ich muss unabhängig bleiben und die Gewissheit haben, dass kein Mann mehr Macht über mich hat.«

Phoebe stieß langsam die Luft aus. »Schau mal, in einer Beziehung, die richtig läuft, gibt es keine Machtspielchen. Sondern nur zwei Menschen, die aufeinander achtgeben und sich lieben. Das hattest du noch nie. Aber irgendetwas sagt mir, dass du mit Kyle so eine Beziehung führen könntest.«

Andi schluckte. Was Phoebe da beschrieb, klang himmlisch. Wollte sie so etwas? Und wollte sie, dass ihr Sohn eine normale, gesunde Beziehung zwischen Mann und Frau mitbekam? Natürlich wollte sie das! Und nie im Leben konnte sie sich vorstellen, dass Kyle ihr wehtun oder versuchen würde, ihr vorzuschreiben, was sie zu tun und zu lassen hatte. Oder er sie bestrafen würde, wenn sie ihm nicht gehorchte. Doch sie fürchtete sich davor, ihre kostbare Unabhängigkeit aufzugeben, die sie sich so hart erkämpft hatte.

Noch bevor sie etwas erwidern konnte, sprach Phoebe weiter. »Und jetzt muss ich dir dann wohl den Grund erzählen, warum ich dich wegen eines Treffens angerufen habe, und ich will es eigentlich wirklich nicht. Vielmehr würde ich alles dafür geben, jetzt aufstehen und einfach gehen zu können, bevor wir diese Unterhaltung führen.«

Andi packte die Angst. »Was ist denn los?«

Phoebe griff über den Tisch und nahm die Hand ihrer Freundin. »Einer meiner Makler hat ein neues Immobilienangebot reinbekommen. Es gibt keinen einfachen Weg, um es zu sagen, also kurz und schmerzlos: Billy kam neulich ins Büro, als ich gerade nicht da war. Er will das Haus seiner Mutter zum Verkauf anbieten, und das bedeutet ...«

»Dass er wieder in Rosewood Bay ist.« Der Bissen, den sie gerade hinuntergeschluckt hatte, drohte wieder hochzukommen, und sie wünschte, Phoebe hätte nicht darauf bestanden, etwas zu essen, bevor sie mit dieser Information herausrückte. »Danke, dass du es mir erzählt hast.« Sie war wirklich dankbar für die Vorwarnung. Hätte sie allerdings auf ihre Instinkte und das Gefühl gehört, das sie Samstagabend im Blue Wall gehabt hatte, wäre ihr bereits klar gewesen, dass Billy wieder zurück war ...

Zitternd stieß sie die Luft aus.

»Aber dieses Mal bist du nicht allein«, versicherte ihr Phoebe. »Du hast Freunde, die dir beistehen werden. Jake, Kane und Kyle würden nur zu gerne mal ein ernstes Wörtchen mit diesem Mistkerl reden. Und dafür sorgen, dass er sich von dir fernhält.«

Andi schüttelte den Kopf. »Nein. Ich muss mich selbst darum kümmern. Ich darf nicht mehr Angst vor ihm haben, und das muss er auch wissen.«

Phoebe schüttelte nun ebenfalls den Kopf. »Du hast dich schon beim letzten Mal allein darum gekümmert.«

»Nein, letztes Mal habe ich mich überhaupt nicht darum gekümmert. Da habe ich mir alles gefallen lassen, und das wird nicht noch einmal passieren.« Andi spürte, wie sich ihr Kreuz versteifte bei diesem Entschluss, nicht zuzulassen, dass sie sich erneut unter sein Angstregime zwingen ließ.

»Die Chancen stehen gut, dass er gar nichts mit mir zu tun haben will. Er will ja für seinen Sohn keine Verantwortung übernehmen, und Nicky und mich gibt's nun mal nur im Doppelpack.« Aber noch während sie sprach, wusste sie, dass sie sich etwas vormachte.

Billy versetzte es einen Kick zu drohen, und seiner Erfahrung nach war es einfach, Andi Angst zu machen. Er würde nicht in die Stadt zurückkehren und sie ignorieren. So viel Glück würde sie nicht haben.

»Du musst mir versprechen, dass du dieses Mal um Hilfe bitten wirst. Sollte es außer Kontrolle geraten, wirst du es Kane oder Kyle erzählen.«

»Klar. Ja. Ich werde Nicky keinem Risiko aussetzen.«

Phoebe kniff die Augen zusammen. »Verkauf mich nicht

für dumm, Andi! Du hast gerade nicht gesagt, dass du auch auf dich aufpassen wirst.«

»O, keine Sorge. Ich werde nicht zulassen, dass mir dieser Schweinehund noch mal wehtut.«

★ ★ ★

Mit der Schreckensvorstellung von Billy im Hinterkopf ging Andi ihrem alltäglichen Leben nach. Sie setzte Nicky an der Schule ab, ging zur Arbeit, wo sie jedes Mal zusammenzuckte, wenn die Tür des Blumenladens aufging, und holte Nicky nach Schulschluss beziehungsweise nach seiner Nachhilfe wieder ab. Sie hatte sich sogar bei Janie Hudson gemeldet und einmal mit ihr zu Mittag gegessen, ein Schritt hin zur Erneuerung ihrer alten Freundschaft.

Tagsüber ließ Kyle ihr ihren Freiraum. Er arbeitete, genau wie sie, und während der Unterrichtszeit hörte sie nichts von ihm. Deshalb war sie überrascht, als sie eines Abends nach Hause kam und einen gelieferten Blumenstrauß nebst Karte vorfand. *Ich weiß, dass du Blumen liebst, aber ich wollte nicht, dass du arbeiten musst, um dich an ihnen zu erfreuen.*

Sie sah sich den farbenfrohen Strauß an, der in einer rosa getönten Vase steckte – er stammte aus einem Laden aus der Nachbarstadt. Der Strauß Blumen war traumhaft, und Andi war gerührt von der Geste, denn sie wusste, dass er sich nicht für Blumen entschieden hatte, weil diese einfach zu verschenken waren, sondern weil sie auch eine persönliche Bedeutung für sie hatten.

Sie lächelte und schickte ihm eine SMS, in der sie sich für den schönen Blumenstrauß bedankte.

Seine Antwort kam prompt. *Nicht so schön wie du.*

Bei seinen Worten wurde ihr ganz warm ums Herz. Dieser Mann wusste ganz genau, wie er sie auf emotionaler Ebene erreichen konnte, und ihr Herz zog sich zusammen.

»Mom! Ich sterbe vor Hunger!«, rief Nicky aus seinem Zimmer.

Sie warf einen letzten Blick auf die Blumen und konzentrierte sich dann wieder auf die Dinge, die sie erledigen musste. »Nur noch ein paar Minuten!«, rief sie zurück.

Beim Abendessen erzählte Nicky von seinem Wissenschaftsprojekt in der Schule und den Klassenkameraden, mit denen er daran arbeitete. Ihr Sohn war ein fröhlicher, ausgeglichener Junge, der sich über nichts weiter Gedanken machen musste als über die Schule und seine Freundschaften. Und genau so sollte es ihrer Meinung nach auch sein. Denn so war er nicht immer gewesen. Als sein Vater noch bei ihnen gewohnt hatte, war er nur ein Schatten seiner selbst gewesen, und so wollte sie ihn nie wieder sehen.

Damit Nicky wohlauf blieb, musste sie darauf achten, dass sie auch selbst bei Kräften blieb. Als er seine Hausaufgaben gemacht und sich schlafen gelegt hatte, schaltete sie ihren Laptop ein und begann im Internet nach Selbstverteidigungskursen zu suchen. Sie wollte in der Lage sein, im Notfall auch allein mit Billy fertigzuwerden. Nie wieder wollte sie vor ihm den Kopf einziehen.

Zu ihrer Überraschung bot die Polizei von Rosewood Bay einen kostenlosen Selbstverteidigungskurs an, um mit

Frauen praktikable Möglichkeiten zu trainieren, Übergriffe zu vermeiden, ihnen zu entkommen und sie zu überstehen. Der Fokus lag auf mentalem und physischem Vorbereitetsein und vermittelte den Frauen alltagstaugliche Techniken, die das Bewusstsein stärken und das Risiko, Opfer zu werden, senken sollten. Der zweistündige Kurs, der für diesen Samstag anberaumt war, würde mit einem Lehrvideo beginnen, gefolgt von einem praktischen Teil, in dem zwei Polizeibeamte die Teilnehmerinnen mit präventiven Selbstverteidigungstechniken vertraut machen würden.

Andi hatte zwar nicht besonders viel Freizeit, aber für diesen Kurs hatte sie sich Zeit freigeschaufelt. Um etwas für ihre und Nickys Sicherheit zu tun. Wenn sie Kane erzählte, warum er an diesem Tag auf Nicky aufpassen sollte, würde ihr Bruder in den Überfürsorglichkeits-Modus schalten, und das wollte sie auf gar keinen Fall. Er führte ein glückliches Leben mit Halley und würde bald Vater werden, sollte sich jetzt also keine Sorgen um seine Schwester machen müssen. Sie würde ihm lediglich sagen, sie müsse am Samstag arbeiten, weil sich einer ihrer Angestellten freigenommen habe.

Sie atmete aus, klappte den Laptop zu und fühlte sich höchst vorausschauend und aktiv, weil sie etwas für sich selbst tat. Etwas, um sich zu rüsten, sollte der Ernstfall eintreten und Billy versuchen, sich wieder in ihr Leben einzumischen. Obwohl sie gern glauben wollte, dass es in seinem Leben immer noch eine andere Frau gab und sie selbst zum Herumschubsen somit nicht brauchte, konnte sie unmöglich wissen, ob es sich wirklich so verhielt.

Ihr Handy klingelte, und sie sah Kyles Namen auf dem Display. Ihr Herz hüpfte vor Freude. »Hallo?«

»Hallo, Schönheit.« Seine Stimme klang wie ein tiefes, heiseres Grollen.

Sie schluckte, unfähig, das Lächeln über dieses Kompliment von den Lippen zu bekommen. »Wie geht's dir?«

»Gut, weil ich jetzt mit dir rede.«

Andi, die auf dem Sofa saß, zog die Beine unter sich. Sie freute sich ebenfalls, mit ihm zu sprechen.

»Hör mal. Ich hab überlegt, ob du und Nicky dieses Wochenende vielleicht Lust habt, mit mir zu einer Kürbisfarm zu fahren?«

»O, das würde ich liebend gern tun und weiß, dass Nicky auch total Lust darauf hätte.« Er war einfach unglaublich! Er fragte nicht nur sie, ob sie Lust auf eine Verabredung hatte, sondern dachte dabei auch an ihren Sohn. Sie war sich sicher, dass Nicky gerne einen Tag mit seinem Lieblingslehrer verbringen würde, und konnte nicht leugnen, dass es ihr genauso ging.

»Super! Wie schaut's bei euch mit Samstag aus?«

Sie atmete langsam aus, enttäuscht, als ihr bewusst wurde, dass es an dem Tag nicht klappen würde. »Samstag ist nicht so gut. Ich ... Ich muss leider arbeiten.«

Sie hasste es, ihn anzulügen, konnte ihm aber auch nicht erzählen, dass sie einen Selbstverteidigungskurs besuchte. Und den Grund dafür konnte sie ihm natürlich auch nicht erzählen, genauso wenig wie ihrem Bruder. Kyle würde an die Decke gehen, wenn er wüsste, dass Billy wieder in der Stadt war und sie sich auf eine mögliche Konfrontation mit ihm vorbereitete.

»Kein Problem«, meinte er gelassen wie immer. »Wie schaut's dann mit Sonntag aus?«

»Perfekt, ich freu mich schon! Ich hatte sowieso schon gedacht, dass das Haus ganz gut etwas Deko für die Feiertage brauchen könnte.«

Orangene Kürbisse auf der Eingangstreppe würden der Außenseite ihres Hauses ein festliches Aussehen verleihen. Normalerweise holte sie sich die Kürbisse bei einem ihrer wöchentlichen Einkäufe im Supermarkt. Sie hatte noch nie daran gedacht, mit Nicky zu einer der örtlichen Kürbisfarmen zu fahren, was sie wirklich hätte tun sollen.

Und jetzt konnte sie es gar nicht erwarten.

»Klingt nach einem Plan. Sonst alles in Ordnung bei dir?«, fragte er.

Sie fuhr sich mit der Zunge über die Unterlippe. »Alles super.«

Und das war es ja auch. Jedenfalls so lange sie nichts von ihrem Ex hörte oder sah.

★ ★ ★

Der Sonntag brach an, es war ein frischer Herbstmorgen – perfekt, um den Tag draußen zu verbringen. Kyle holte Andi und Nicky ab, und dann fuhren sie zwanzig Minuten zu einer Farm außerhalb der Stadt, wo Kürbisse, Speisekürbisse, Mais und andere saisonale Produkte sowie

Halloween-Deko für drinnen und draußen verkauft wurden. Heuwagenfahrten wurden ebenfalls angeboten, und natürlich wollte Nicky das sofort machen, kaum hatten sie die Farm erreicht.

»Können wir eine Heuwagenfahrt machen? Schau mal, Peter ist mit seinen Eltern auch hier, und die stehen schon in der Schlange.« Er zog an Andis Mantelärmel, um auf sich aufmerksam zu machen.

Sie warf Kyle einen Blick zu, und er nickte. Er fand, dass es an diesem Tag mehr um Nickys Spaß als um den der Erwachsenen ging. Er sah sich selbst als Begleitung, und solange er Andis und Nickys Gesellschaft genießen konnte, war er mit allem einverstanden.

»Heuwagenfahrt klingt prima«, meinte er, und sie machten sich auf den Weg zu den Heuballen und den Leuten, die in der Schlange darauf warteten, dass der Traktor mit dem Anhänger zurückkam und die nächste Gruppe abholte.

Nicky ging zu seinem Freund, und Kyle wandte sich zu Andi. »Weißt du noch, wie wir so was immer früher in der Highschool gemacht haben?« Nachdem er dann seinen Führerschein hatte, brauchten sie auch nicht mehr ihre Eltern, um sich von ihnen fahren zu lassen, und waren von da an jedes Jahr hierher gekommen.

Lächelnd nickte sie. »In einem Jahr ist mir mal total schlecht geworden!« Bei der Erinnerung daran vergrub sie ihr Gesicht in den Händen, entzückend verlegen, wie er fand.

»Immerhin hast du so lange gewartet, bis wir ausgestiegen waren, bevor du dich übergeben hast.«

»Er kommt!« Nicky zeigte auf den Traktor, als dieser zurückkehrte und die vorherige Gruppe vom Wagen kletterte.

Dann stiegen sie auf die Ladefläche, und jeder fand einen Sitzplatz. Nicky hockte sich neben seinen Freund. Da alle mit ihrer Aufmerksamkeit bei der Heuwagenfahrt waren, setzte sich Kyle in eine Ecke, zog Andi neben sich und legte ihr einen Arm um die Taille.

Sie schmiegte sich an ihn und wehrte sich nicht gegen diese halb öffentliche Demonstration seiner Zuneigung. Der Pfirsichgeruch ihres Haars kitzelte in seiner Nase und versetzte seinem Körper den Kick, den er jedes Mal in ihrer Nähe verspürte. Während der Fahrt prallte sie bei jeder Unebenheit des Wegs gegen ihn, und er hielt sie fest an sich gedrückt, und sie schüttelten sich die ganze Zeit vor Lachen.

Irgendwann fuhr der Fahrer schließlich auf den Parkplatz zurück, und alle kletterten vom Wagen. Lächelnd zupfte sich Andi ein paar Heuhalme vom Mantel.

Nicky stieg als einer der Letzten vom Heuwagen und kam mit einem breiten Grinsen auf dem Gesicht zu ihnen gelaufen. »Darf ich noch mal?«

»Vielleicht später. Lass uns jetzt erst mal Kürbisse für die Eingangstreppe aussuchen.«

»Kann ich Apfelsaft haben? Und einen Liebesapfel?«

Sie nickte, blickte zu Kyle und flüsterte ihm zu: »Keine Fahrten mehr für ihn. Einmal reicht. Ich kann's nicht brauchen, dass er was isst und ihm danach übel wird.«

Kyle nickte zustimmend. »Besonders, wenn er nach seiner Mutter kommt«, erwiderte er grinsend.

Scherzhaft gab sie ihm einen Klaps auf den Arm. »Hör auf damit. Lass uns nicht mehr darüber reden.«

Kyle kicherte, ergriff ihre Hand, und sie folgten Nicky, der die Essensbuden ansteuerte.

»Andi?« Als sie ihren Namen hörte, blieb sie stehen und drehte sich um, Kyle ebenfalls. Ein uniformierter Polizist, der aussah, als sei er ungefähr in Kyles Alter, kam auf sie zu.

»Hi, Gary.« Andi sah Kyle an. »Kyle, das ist Officer Gary Madison. Gary, das ist Kyle Davenport.«

»Nett, Sie kennenzulernen«, sagte der Polizist und schüttelte Kyle die Hand.

»Ich habe nicht damit gerechnet, meiner besten Schülerin an diesem Wochenende noch mal über den Weg zu laufen«, meinte Gary mit anerkennendem Blick.

Beste Schülerin? Kyle kniff die Augen zusammen und fragte sich, wovon der Mann sprach.

»Wir besorgen Kürbisse. Was machen Sie denn hier in Uniform?«, fragte Andi.

Gary zuckte mit den Schultern. »Der Farmer ist ein Freund von mir. Ich bin nur vorbeigekommen, um Hallo zu sagen.«

Sie unterhielten sich noch ein bisschen, während Kyle schweigend versuchte herauszubekommen, was Andi wohl mit dem Cop zu tun haben könnte. Schließlich ließ Gary sie wieder allein, aber bevor Kyle Andi nach dem Polizisten fragen konnte, kam Nicky wieder angerannt, um nach Geld für etwas zu essen zu fragen.

Und da Kyle diesen Tag vorgeschlagen hatte, bestand er darauf zu zahlen. Ihm war klar, dass er bei diesem Trubel nicht in Ruhe mit ihr reden konnte, deshalb fand er sich damit ab und beschloss, jetzt Spaß zu haben und sie später zu fragen.

Sie tranken Apfelsaft, Nicky verputzte einen klebrigen Liebesapfel, mit dem er sich, trotz seines Alters, Hände und Shirt versaute. Anschließend suchten sie für Andis Eingangstreppe Kürbisse mit Gesichtern aus und schlichte Kürbisse für Kyle.

Kyle kam sich vor, als befänden sie sich auf einem Familienausflug und dies wäre die Familie, die er sich immer gewünscht hatte. Diejenige, die er hätte haben können, wenn er damals den Mut aufgebracht hätte, Andi von seinen Gefühlen zu erzählen. Vielleicht hatte es ja aber auch genau so sein sollen, wie es jetzt war. Vielleicht hätte sie ihm einen Korb gegeben, wenn er ihr damals – als sie praktisch noch Kinder waren – seine Gefühle offenbart hätte. Und dann hätten sie niemals ... *das hier* gehabt.

Was auch immer das zwischen ihnen sein mochte, es war doch der Beginn von etwas Gutem.

Der Tag neigte sich dem Ende zu, und natürlich wollte Nicky bei seinem Freund übernachten, da am nächsten Tag aber ganz normal Schule war, legte Andi ein Veto ein, und sie fuhren zurück nach Hause. Sie lud Kyle zum Abendessen ein, das allerdings nur aus Pizza bestand, und so verbrachte er schließlich nicht nur den Nachmittag mit ihnen, sondern auch den Abend. Nach dem Essen schickte Andi ihren Sohn nach oben zum Duschen.

Im Wohnzimmer setzte sie sich neben Kyle aufs Sofa und ächzte. »Langer Tag, aber hat Spaß gemacht! Danke«, sagte sie. »Ich weiß es zu schätzen, dass du Nicky in unseren Tag einbezogen hast.«

Er betrachtete sie, ihre Wangen waren rosig vom Tag an der frischen Luft, und ihre Augen glänzten. »War mir ein Vergnügen. Er gehört zu dir, deshalb ist er mir auch wichtig.«

Bei seinen Worten stiegen ihr Tränen in die Augen. »Männer wie dich gibt's selten, die das Kind eines anderen auf diese Weise akzeptieren können. Besonders in Anbetracht unserer Vorgeschichte.«

»Wenn ich ihn anschaue, dann sehe ich nur dich.«

Sie lächelte, seine Antwort gefiel ihr offensichtlich. Seine nächste Frage würde das nicht, er beschloss aber, sie trotzdem zu stellen. »Also Gary, dieser Polizist ...«

Ihr Lächeln verschwand. »Was ist mit ihm?«

»Er meinte, er hätte nicht damit gerechnet, dir an diesem Wochenende noch mal zu begegnen. Was hat er damit gemeint?« Denn Kyle hatte den leisen Verdacht, dass Gary nicht in ihrem Laden gewesen war, um Blumen zu kaufen. Das hieße nämlich nicht jemandem *noch mal über den Weg zu laufen*.

»Ich habe gestern beim Polizeirevier einen Selbstverteidigungskurs gemacht.« Sie vermied es, ihm dabei in die Augen zu sehen.

»Und was hat dich dazu gebracht, den Kurs ausgerechnet jetzt zu machen?« Er wusste, wie viel sie um die Ohren hatte, mit der Arbeit und mit Nicky. Und da Billy schon lange weg war, war Kyle davon ausgegangen, dass Andis Leben einfach war. Unbehagen machte sich in ihm breit.

Sie rang die Hände und musste sich sichtlich dazu zwingen, ihn anzusehen. »Du wirst dich gleich aufregen.«

Er nickte und wappnete sich. »Erzähl's mir einfach.«

Sie stieß die Luft aus und blinzelte dabei heftig. »Phoebe hat mir erzählt, dass Billy über ihre Firma das Haus seiner Mutter verkaufen will und wieder in der Stadt ist.«

Kyle wurde bewusst, dass er schon damit gerechnet hatte, ihre Neuigkeiten könnten etwas mit ihrem Ex-Mann zu tun haben, und ein Mix unterschiedlichster Gefühle stürmten auf ihn ein. Wut, dass sie wieder etwas mit diesem Scheißkerl zu tun haben mussten. Frustration, dass Billy ausgerechnet zu einem Zeitpunkt zurückkommen musste, an dem Kyle gerade dabei war, Andis Ängste und Schutzmauern zu überwinden. Und schließlich Kränkung, dass sie ihm diese Neuigkeiten eindeutig verheimlicht hatte ... genau wie sie ihm auch nie erzählt hatte, warum sie ihm damals den Rücken gekehrt hatte.

Er holte tief Luft und nahm sich einen Moment Zeit, um seine Gedanken zu sammeln. Denn das Letzte, was er wollte, war, Andi zu erschrecken.

Dennoch presste er unwillkürlich den Kiefer zusammen, als er ihrem Blick begegnete. »Warum hast du mir das nicht sofort erzählt, als du davon erfahren hast?« Er hielt seine Wut zurück, konnte aber nicht verhindern, dass man ihm seine Verletztheit anhörte.

Sie schluckte. »Billy ist mein Problem, Kyle. Nicht deins.«

»Und ist es nicht genau das, was unsere Freundschaft überhaupt erst kaputt gemacht hat?« Er ergriff ihre Hand. »Ich dränge dich nicht zu mehr, als du beziehungsmäßig verkraften kannst. Aber wir bauen gerade etwas anderes auf als nur eine Freundschaft, und wenn du wieder Dinge vor mir verheimlichst, zerstört dies das noch sehr zerbrechliche Vertrauen zwischen uns.«

Sie blinzelte die Tränen weg, und er fing eine mit der Fingerspitze auf. »Ich habe einfach das Gefühl, dass ich mich selbst in diese Situation gebracht habe – trotz deiner Warnung –, und dass deswegen auch ich diejenige sein sollte, die sich da wieder rausholt.«

Er schüttelte den Kopf. »Menschen machen Fehler. Das bedeutet aber nicht, dass du dich nicht auf deine Freunde und deine Familie verlassen solltest, wenn es mal schwierig wird. Und wenn zwischen uns etwas sein soll, dürfen diesmal keine Lügen zwischen uns stehen. Oder etwas unausgesprochen bleiben.«

Sie holte Luft und nickte. »Es wird schwierig werden, mit dem jahrelangen Versteckspiel aufzuhören. Aber ich verspreche dir, es zu versuchen.«

»Das ist alles, was ich will.« Er atmete schwer aus und fragte dann: »Hast du ihn schon gesehen oder etwas von ihm gehört?« Er traute ihr durchaus zu, dass sie das ebenfalls vor ihm verheimlichte.

Sie schluckte. »Könnte sein.«

Er zog eine Augenbraue hoch und wartete auf eine Erklärung.

»Weißt du noch, der Abend, an dem wir im Blue Wall waren? Da dachte ich, ich hätte ihn gesehen, sagte mir aber, dass ich mir das bestimmt nur eingebildet habe. Außerdem war das, bevor Phoebe mir erzählte, dass er in der Stadt ist, deshalb hatte ich keinen Grund zu der Annahme, er wäre tatsächlich wieder hier.« Sie biss sich auf die Unterlippe und zog sie sich in ihren Mund.

Er zwang sich dazu, das nicht sexy zu finden. Nicht, wenn sie sich gerade über so ein ernstes Thema unterhielten. »Nächstes Mal erzählst du es mir sofort, okay?«

Sie nickte. »Ich hasse es, dass das immer noch ein Teil meines Lebens ist.«

»Du hast es hinter dir gelassen. Vergiss das einfach nicht, und du wirst alles schaffen, was auch immer kommt.« Er versuchte ihr damit Mut zu machen, und da er wusste, wie wichtig es ihr war, auf eigenen Füßen zu stehen, sagte er ganz bewusst nicht: *Wir schaffen das zusammen, was auch immer kommt.* Auch wenn es ihn fast umbrachte, nicht einschreiten zu können und alles für sie in Ordnung bringen zu können.

Sie lächelte. Er beugte sich zu ihr, küsste sie und zog sie in seine Arme. Der Kuss wurde augenblicklich leidenschaftlicher – seine Zunge glitt in ihren Mund und schlang sich um ihre. Doch sie schien sich ihm gegenüber zu bremsen, und im Stillen verfluchte er ihren Ex, dass er zurückgekommen war und damit Kyles Fortschritte bei Andi möglicherweise vollständig zunichtemachte.

* * *

Nachdem Kyle gegangen war und Nicky sich schlafen gelegt hatte, schenkte sich Andi noch ein Glas Wein ein und setzte sich ins Wohnzimmer. Seufzend legte sie ihre Füße hoch. Was als besonderer Tag begonnen hatte, hatte eine völlig falsche Wendung genommen. Jedes Mal, wenn Billys Name fiel, war ihr Tag gewöhnlich ruiniert.

Sie war wegen so vielem frustriert – wegen der Vergangenheit und der Gegenwart. Sie hatte so hart daran gearbeitet, um darüber hinwegzukommen, dass sie sich hatte misshandeln lassen und Billy nie die Stirn geboten und etwas dagegen unternommen hatte. Sie wusste nicht, wie sie die Vorstellung wieder loswerden sollte, sie müsse das Chaos, das sie selbst zu verantworten hatte, auch alleine wieder in Ordnung bringen. Vielleicht hatte es etwas mit dem Tod ihrer Mutter zu tun, die sie verloren hatte, als sie auf der Schwelle zum Erwachsensein stand. Und auch wenn ihr Bruder stets sein Bestes tat, musste sie wirklich endlich lernen, sich auf sich selbst zu verlassen. Ihr Vater war damals immer mehr seiner Spielsucht verfallen, anstatt für seine Familie da zu sein, und kurz darauf war sie mit Billy zusammengekommen. Im Rückblick war sie damals vielleicht einfach zu verletzlich gewesen, hatte das jedoch nicht erkannt.

Heute hingegen war sie eine unabhängige Frau, was sie sich hart erkämpft hatte. Sie war eine alleinerziehende Mutter und die Frau, die Kyle begehrte. Dennoch hatte sie Angst, ihn zu verlieren, weil sie nicht wusste, wie sie sich ihm öffnen sollte. Gleichzeitig machte sie sich Sorgen, sich an ihn zu verlieren, so wie es bei Billy der Fall gewesen war. Und dann war da noch die allumfassende Beunruhigung über Billys Rückkehr und was diese für sie bedeutete – sowohl physisch als auch emotional.

Zum ersten Mal bat Kyle sie um etwas, und sie musste einen Weg finden, ihm das zu geben, was er brauchte. Sich ihm anvertrauen und nicht mehr so verdammt unabhängig zu sein. Sie fühlte sich hin- und hergerissen zwischen dem Bedürfnis, auf eigenen Füßen zu stehen, und dem Wunsch, die Frau zu sein, die davon träumte, keine schmerzhafte Vergangenheit zu haben und einfach alle Bedenken über Bord werfen und ihr Leben genießen zu können.

Sie nahm noch einen Schluck Wein, und um nicht noch länger über dieses frustrierend komplizierte Thema nachdenken zu müssen, beschloss sie, schlafen zu gehen.

★ ★ ★

Am nächsten Morgen wachte Andi auf, die Gedanken des gestrigen Abends lagen ihr schwer auf der Seele. Sie erledigte ihre Morgenroutine, weckte Nicky und brachte ihn dazu, aufzustehen und sich für die Schule fertig zu machen. Dort hatte sie ihn gerade abgesetzt, als ihr Telefon klingelte.

»Hallo?«

»Hallo, Schwesterchen«, ertönte Kanes Stimme über die Freisprechanlage.

»Was kann ich an diesem strahlend sonnigen Morgen für dich tun?« Sie hoffte, Optimismus könnte vielleicht ihre Besorgnis angesichts der Tatsache verringern, dass ihr Bruder sie so gut wie nie anrief, wenn er gerade auf dem Weg zur Arbeit war. Außer es hatte etwas zu tun mit …

»Dad ist mal wieder auf Zocker-Tour«, erklärte Kane denn auch postwendend, ohne lange drum herumzureden.

Andi seufzte. Sie kannte diese Exzesse ihres Vaters nur allzu gut, schließlich hatte sie bis vor Kurzem noch mit ihm unter einem Dach gelebt ... bis er sich eines Abends Geld aus ihrem Portemonnaie genommen hatte. An diesem Punkt hatte sie gewusst, dass sie nicht mehr länger mit ihm zusammenwohnen konnte, wo sie die ganze Zeit mitbekam, was er trieb und redete. So war sie mit Nicky ausgezogen, ihr Dad hatte aber auch weiterhin in Kanes Werkstatt gearbeitet, sodass ihr Bruder sein Kommen und Gehen im Blick hatte. Sie kannten alle beide seine Glücks-spiel-Hochs nur allzu gut ... und die Tiefs, die unvermeid-lich darauf folgten.

»Verdammt«, murmelte sie. Sie hatten es nie geschafft, ihren Vater dazu zu überreden, an einem Suchtprogramm teilzunehmen.

»Er ist seit zwei Tagen nicht mehr zur Arbeit gekommen. Ich bin zu ihm nach Hause gefahren, aber da war er nicht. Ich hab mich dieses Mal dagegen entschieden, bei seinen Freunden nachzufragen oder mich schlauzumachen, wo gerade gezockt wird. Du hattest recht, als du sagtest, wir müssten unser Leben führen und ihn seins leben lassen. Was nicht heißt, dass mir das leichtfällt.«

Sie atmete langsam aus, absolut einer Meinung mit ih-rem Bruder. »Du tust das Richtige«, versicherte sie ihm. »Genau das ist ja der Grund, warum ich ausgezogen bin. Ich konnte nicht mehr länger seine Mutter spielen.« Trotzdem tat es ihr weh.

Sie fuhr auf den Parkplatz hinter dem Blumenladen und stellte den Motor ab. »Gibt es irgendwas, das ich tun kann?«, fragte sie. Sie machte sich Sorgen um beide, um ihren Bruder und um ihren Vater. Aber im Moment konnte sie realistischerweise nur einem von ihnen helfen.

»Nein, ich wollte nur, dass du Bescheid weißt, und dich darum bitten, mich anzurufen, falls du etwas von ihm hörst.«

»Klar, das weißt du doch. Geht's Halley soweit gut?«

»Der geht's großartig«, antwortete er und klang das einzige Mal während dieser Unterhaltung etwas fröhlicher. »Ihr ist nicht mehr so furchtbar übel, was gut ist.«

»Fein, das ist wirklich gut. Grüß sie von mir, und ich melde mich später bei euch«, versprach Andi. »Tschüss.«

»Tschüss«, sagte Kane und legte auf.

Sie schnappte sich ihre Tasche, öffnete die Wagentür und stieg aus. Aufmerksam beobachtete sie ihre Umgebung – das hatte sie in ihrem Selbstverteidigungskurs gelernt. Erleichtert, auf dem großen Parkplatz auch noch andere Leute bei ihren Fahrzeugen zu sehen, lief sie direkt zu dem Weg, der zu ihrem Laden führte.

Sie machte den Blumenladen auf, wurde aber den ganzen Tag das Unbehagen nicht los, das sie schon seit gestern verspürte. Doch es gab nichts, das sie tun konnte, außer ihr Leben weiterzuleben, was auch immer es bringen mochte.

KAPITEL 7

Fast eine Woche später war Andi am Samstagmorgen draußen, um die Blumentöpfe auf der Eingangstreppe ihres Hauses zu gießen. Die orangenen Kürbisse, die sie mit Kyle und Nicky ausgesucht hatte, passten gut zu den gelben und roten Chrysanthemen auf beiden Seiten der Stufen und waren eine hübsche Ergänzung zu der gelben Außenfassade ihres Hauses.

Sie erkannte die alte Schrottkarre nicht sofort wieder, die in ihre Einfahrt einbog, und mit ihren Überlebensinstinkten war es eindeutig nicht besonders weit her, weil sie entsetzt und fassungslos war, Billy auf der Fahrerseite aus dem Wagen steigen zu sehen.

Augenblicklich machte sie sich die Treppe hinauf Richtung Haustür, als er ihren Namen rief. »Andi, warte!«

Sie sah sich um und stellte fest, dass ihre Nachbarn ebenfalls draußen waren – der rechts von ihr spielte Ball mit seinem Sohn, und der Nachbar auf der gegenüberliegenden Straßenseite goss ebenfalls seine Blumen. Und Nicky war bei einem seiner Freunde, wo sie ihn vor einer Stunde abgesetzt hatte. Das beruhigte sie, zumindest was ihren Jungen anging.

Im Moment fühlte sie sich einigermaßen sicher, weil noch andere Menschen sie im Blick hatten. Also straffte sie ihre Schultern und wartete, bis Billy nah genug herangekommen war, dass er nicht schreien musste, um mit ihr zu sprechen. »Das reicht. Du kannst von dort aus mit mir reden.«

Billy sah nicht gut aus. Für einen Mann, der als Teenager eine Sportskanone und immer stolz auf sein gutes Aussehen gewesen war, hatte er sich ganz schön gehen lassen. Ein Bierbauch drückte gegen das alte langärmelige Hemd, das er über schlabbrigen Jeans trug. Sein sandblondes Haar war noch weiter zurückgegangen, als sie es in Erinnerung hatte, und die noch verbliebenen Haarsträhnen glänzten fettig. Allein sein Anblick genügte, dass sie am liebsten ihre Arme schützend um sich geschlungen hätte. Aber sie ließ die Gießkanne nicht los, weil sie ihm keinesfalls zeigen wollte, dass sie Angst hatte.

»Was willst du?«, fragte sie, weil er schwieg. Offensichtlich ließ er ihr Aussehen gerade ebenfalls auf sich wirken.

»Ich bin gekommen, um meine Frau zu sehen.«

»Ex-Frau«, erinnerte sie ihn.

»Richtig. Und ich muss zugeben, dass ich, als ich heimkam, um Moms Haus zu verkaufen, gar nicht vorhatte, dich zu treffen.«

»Warum hast du es dann nicht einfach gelassen?«

»Hätte ich ja, wenn ich dich nicht zufällig mit Davenport im Blue Wall gesehen hätte. Du und ich hatten eine Abmachung, und du hast dich nicht daran gehalten!«

Sie kniff die Augen zusammen, vollkommen ahnungslos, wovon er sprach. »Ich verstehe nicht ...«

»Ich hab dir damals gesagt, dass du dich verdammt noch mal von ihm fernhalten sollst, und du warst damit einverstanden!«

»Ja, damals, als wir noch zusammen waren«, entgegnete sie, geschockt, dass es ihn überhaupt interessierte, mit wem sie sich mittlerweile traf oder was sie machte. »Wir sind seit zwei Jahren getrennt. Das Letzte, was ich über dich gehört habe, war, dass du mit einer anderen Frau zusammen bist. Was kümmert es dich, was ich mache oder mit wem ich mich treffe?«

Er knackte mit den Fingerknöcheln – eine Geste, die sie nur allzu gut kannte, und das Einzige, was sie im Augenblick tun konnte, war, stark zu bleiben und sich nicht in die Sicherheit des Hauses zu flüchten. Doch Billy respektierte den Abstand, auf den sie bestanden hatte, und die Nachbarn waren noch alle draußen, deshalb zwang sie sich dazu, ruhig zu bleiben.

»Ich bin wieder ledig. Meine Freundin und ich haben Schluss gemacht. Aber keine Sorge, ich hab kein Interesse, dich wieder zurückzunehmen. Du hast ein Kind gekriegt, ein paar Pfund zugelegt, tja, der Lack ist ab. Aber trotzdem fasst keiner an, was mal mir gehört hat! Vor allem er nicht. Dieser Schönling hatte schon immer was an sich, das mich zur Weißglut getrieben hat. Weil ich dich wollte und er dich als Erster hatte.«

Seine Beleidigungen brachten sie nicht aus der Fassung, seine Besitzansprüche hingegen schon. Da er nicht einmal mehr an ihr interessiert war, war das kein gutes Zeichen. Und wenn er wieder Single war und die Frau verloren hatte, die ihm seinen Lebensstil finanzierte, ging es ihm jetzt vermutlich dreckig, und er würde wollen, dass es Andi genauso mies ginge wie ihm. Er war ein Fiesling, ein Mann, der lebte, um andere herumzuschubsen, und in der Vergangenheit war sie ein leichtes Opfer für ihn gewesen. Offenbar glaubte er, genau dort weitermachen zu können, wo er damals aufgehört hatte.

»Kyle hatte mich nicht als Erster, wie du es gerade so derb ausgedrückt hast. Wir waren gute Freunde. Und du hast nicht mehr das Recht, mir vorzuschreiben, mit wem ich mich treffe oder was ich zu tun habe. Wobei du das eigentlich nie hattest.«

»Falsch! Denn wenn du weiterhin mit Davenport rumhängst, werd ich dich daran erinnern, was passiert, wenn du nicht tust, was ich dir sage.«

Sie wusste, was das im Klartext bedeutete. Er würde ihr wehtun. Wenn sie am wenigsten damit rechnete, würde er ihr irgendwo auflauern und dafür sorgen, dass sie wieder wusste, wer hier das Sagen hatte.

Seine Augen funkelten in etwas wie wilder Entschlossenheit. Ihr Magen krampfte sich zusammen, und ihr wurde schlecht. »Ich weiß, wie ich kriege, was ich von dir will, Andrea.«

Ihr Griff um die Plastikgießkanne verstärkte sich. Das tat er. Er wusste ganz genau, wie er sie aus der Fassung bringen konnte und was er tun musste, damit es ihr eiskalt den Rücken hinunterlief, während sie darauf wartete, dass er die emotionale Quälerei durch physische ersetzen würde. Und jetzt reagierte sie wieder genauso wie früher auf seine Drohungen. Ihr drehte sich vor Angst der Magen um, in ihrem Nacken bildeten sich Schweißperlen, und Panik erfasste sie, als sie zu fürchten begann, er würde ihr gleich wehtun.

Doch sie weigerte sich, ihrer Angst wieder nachzugeben. »Dieses Mal habe ich kein Problem damit, zur Polizei zu gehen und ihnen zu erzählen, dass du mich bedroht hast.«

»Warum sollten sie dir glauben?«

Während ihrer Ehe hatte er ständig betont, dass er in Rosewood Bay ein Football-Held sei, dem die Leute eher glauben würden als ihr. Und wegen ihrer Angst, seinen Fäusten und seiner bedrohlichen, massigen Gestalt hatte sie ihm geglaubt.

Seitdem hatte sie jedoch einen langen Weg zurückgelegt. Nicht, dass sie jetzt keine Angst hätte. Die hatte sie. Sie würde sich nur nicht mehr ducken und alles gefallen lassen. »Und warum *sollten* sie mir nicht glauben? Ich würde es ihnen liebend gerne erzählen, und dann werden wir ja sehen. Komm mir nur noch einmal zu nah, und ich informiere sie, dass du mich belästigst. Ich werde ein Kontaktverbot beantragen. Provozier mich nicht, Billy! Ich bin nicht mehr die Frau von früher, mit der du verheiratet warst.«

Das überraschte ihn und verschlug ihm die Sprache.

Derart vehement hatte sie sich ihm noch nie widersetzt oder ihm die Meinung gesagt, aber sie machte sich keine Sorgen, dass er ihr in diesem Augenblick etwas antun würde. Er war weder verärgert noch in Rage, sie bemerkte auch keine verkappte Wut, die unter der Oberfläche brodelte. Er ließ sie nur wissen, dass er zurück war und von ihr erwartete, dass sie ihm wieder gehorchte.

»Halt dich von Davenport fern, dann halt ich mich auch von dir fern.«

Sie wartete, bis er zu seinem Wagen zurückgegangen, eingestiegen und weggefahren war. Erst als er außer Sichtweite war, sackten ihr fast die Beine weg. Sie ging ins Haus und schloss die Tür hinter sich ab.

Als Nächstes tat Andi zweierlei. Sie recherchierte und rief dann eine Firma für Alarmanlagen an, die sie von der Dringlichkeit überzeugte, noch heute ein Sicherheitssystem bei ihr zu installieren. Anschließend rief sie Kyle an und bat ihn vorbeizukommen.

★ ★ ★

Kyle war überrascht über Andis Anruf und Bitten. Sie klang aufgewühlt, deshalb stieg er sofort ins Auto und machte sich auf den Weg zu ihr. Als er in ihre Einfahrt fuhr und den Wagen dort abstellte, wirkte alles ruhig.

Sie öffnete die Haustür und ließ ihn herein, wobei sie sich draußen umschaute, bevor sie sie wieder hinter ihm zumachte. Sie war blass, und ihr Haar sah aus, als hätte sie es sich erregt gerauft.

»Was ist los?«, fragte er.

»Komm erst mal in die Küche.« Sie führte ihn in den hellen Raum, die Sonne schien durchs Fenster über der Spüle und durch die Glasschiebetüren, die nach draußen führten.

Er wartete, bis sie sich nebeneinander an den Tisch gesetzt hatten, und wiederholte seine Frage. »Was ist los?« Er beugte sich näher zu ihr, ihm war klar, dass sie völlig durcheinander war und ihm nicht gefallen würde, was er gleich zu hören bekäme.

Sie fuhr sich durch ihre wilden Locken. »Ich hatte vorhin einen unwillkommenen Besucher.«

Er ballte die Fäuste, versteckte sie aber unter dem Tisch. »Was wollte dieser Scheißkerl von dir?«

Mit weit aufgerissenen Augen sah sie ihn an. »Anscheinend hat er uns im Blue Wall zusammen gesehen. Er wollte mich daran erinnern, dass wir eine Abmachung haben. Ich musste ihm damals versprechen, dich nicht mehr zu sehen. Er wollte dafür sorgen, dass ich mich daran halte.«

Kyle biss die Zähne zusammen. »Willst du mich verarschen? Zwei Jahre lang lässt er sich nicht blicken, stimmt einer Scheidung zu, verzichtet auf das Sorgerecht für sein Kind und denkt jetzt, er könnte einfach zurückkommen und dir befehlen, was du zu tun hast?«

»Billy ist nicht glücklich, er ist nicht mehr mit der Frau zusammen, mit der er damals die Stadt verlassen hat. Und uns beide zusammen zu sehen, mich glücklich zu sehen, na ja, das hat ihn total wütend gemacht. Laut seinen Worten habe ich ihm damals *gehört*, und keiner fasst an, was ihm mal gehört hat. Am allerwenigsten du. Oder so ähnlich.« Sie schüttelte den Kopf. »Schau, mir ist schon klar, dass das für niemanden außer für ihn einen Sinn ergibt ... und für mich, weil ich mal mit ihm zusammen war.« Sie stützte ihre Hände auf den Tisch, drückte sich hoch und stand auf. Dann begann sie in der kleinen Küche auf und ab zu gehen. »Aber ich werde nicht wieder klein beigeben.«

Er holte tief Luft, verarbeitete das, was sie ihm erzählt

hatte – angefangen bei ihrem Ex, der sie bedrohte, bis hin zu der Tatsache, dass sie sich dieses Mal nichts gefallen lassen würde. Das eine machte Kyle wütend, das andere stolz.

»Er hat dich bedroht?« Kyle stand ebenfalls auf, Zorn stieg in ihm hoch.

Sie trat zu ihm und legte ihm beruhigend eine Hand auf die Schulter. »Er hat mich lediglich daran erinnert, dass ich die Konsequenzen kenne, wenn ich nicht tue, was er sagt. Dass er mir dann, also ja, wehtun wird.« Sie seufzte. »Er musste mir eigentlich gar nicht richtig drohen. Das haben die Erinnerungen für ihn erledigt.« Sie zitterte, während sie sprach, was Kyle verriet, wie sehr ihr Ex ihr zugesetzt hatte.

»Ich werde diesem Mistkerl mal einen Besuch abstatten und dafür sorgen, dass er kapiert, dass er es von nun an auch mit mir zu tun hat. Wenn er an dich ran will, muss er zuerst an mir vorbei.« Er würde auf gar keinen Fall zulassen, dass sie weiterhin in Angst herumlief.

»Nein.«

»Was? Warum nicht?«, fragte er.

Sie begegnete seinem Blick, das Kinn trotzig gereckt. »Weil ich die letzten beiden Jahre damit verbracht habe, mein Leben wieder auf die Reihe zu bekommen, unabhängig und emotional stark zu werden. Wenn ich dich das hier jetzt für mich erledigen lasse, dann war das alles völlig umsonst. Billy muss wissen, dass ich ihm die Stirn bieten kann, auch wenn ich Angst habe.«

»Wie denn? Er ist größer und stärker als du!«

»Ich hab einen Selbstverteidigungskurs gemacht, weißt du nicht mehr?« Sie hob eine Hand. »Und bevor du irgendwas sagst – ich weiß selbst, dass das nicht reicht, um sich mit einem Mann von Billys Statur anzulegen. Aber der Kurs hat mir Techniken beigebracht, die ich vorher noch nicht kannte, um besser auf mich selbst aufzupassen. Außerdem habe ich eine Sicherheitsfirma beauftragt, die später vorbeikommt, um eine Alarmanlage zu installieren.«

Er musste zugeben, dass ihm gefiel, was er da hörte. Sie tat nicht nur einfach so, sondern hatte sich ganz genau überlegt, wie sie sich in Zukunft besser schützte.

»Wenn er mich noch einmal anfasst oder belästigt, gehe ich zur Polizei. Versprochen!«

Er stieß die Luft aus, ihre Worte drangen durch den Schleier von Wut in ihm auf ihren Ex. Er hatte gehört, was sie gesagt hatte, und wusste, wie wichtig ihr ihre Unabhängigkeit war nach allem, was sie durchgemacht hatte. Und obwohl Kyle es hasste, zurücktreten und tatenlos zusehen zu müssen, begriff er auch, dass er jeglichen Fortschritt, den sie beide zusammen erreicht hatten, zunichtemachen würde, wenn er es nicht tat und sie weiter dazu drängte, ihm die Angelegenheit mit ihrem Ex zu überlassen.

Dann würde er sie verlieren.

»Okay«, sagte er schließlich.

»Okay?« Sie sah ihn an, offensichtlich überrascht.

Er ergriff ihre Hände und blickte in ihre großen, braunen Augen. »Es gefällt mir zwar überhaupt nicht, aber ich kann auch verstehen, warum du dich selbst darum kümmern willst. Und ich respektiere dein Bedürfnis, stark sein zu wollen.«

»Aber?«, fragte sie klugerweise.

Er hoffte, dass sie wusste, dass an seinen Gefühlen mehr dran war, weil sie sich noch einmal neu kennenlernten, diesmal auf einer tiefer gehenden Ebene.

»Aber bitte mich nicht darum, dem Ganzen den Rücken zuzukehren und so zu tun, als würde nichts davon passieren. Wenn du möchtest, dass ich respektiere, wie du das Problem mit Billy regeln willst, dann musst du auch meine Gefühle respektieren. Und das bedeutet, dass ich in Zukunft viel häufiger in deiner Nähe sein werde.«

Bei diesen Aussichten runzelte sie die Stirn. »Um mich im Auge zu behalten.«

Er schüttelte den Kopf. »Eigentlich nicht. Sondern um die Augen nach *ihm* offen zu halten.«

Sie blies langsam die Luft aus und beäugte ihn misstrauisch. »Aber du hältst dich aus der Sache raus?«

»Außer ich kriege mit, dass er dich belästigt, dann gelten neue Regeln.« Er strich ihr mit der Hand über ihr welliges Haar. »Einverstanden?«

Sie entspannte ihre Schultern und seufzte, gab ihre Gegenwehr aber endlich auf. »Einverstanden.«

Er griff nach ihrer Hüfte und zog sie näher an sich. »Ist alles andere in Ordnung?«

Sie presste die Lippen aufeinander und seufzte. »Na ja, mein Vater zockt wieder. Das ist nie gut. Laut Kane war er ein paar Tage lang verschwunden und befand sich, als er wieder auftauchte, auf einem Höhenflug. Was bedeutet, dass er weiterspielen wird, weil er jetzt glaubt, er wäre unbesiegbar.«

»Komm mal her.« Er nahm sie in die Arme und atmete

ihren verführerischen Duft ein. »Sind wir allein?«, erkundigte er sich, weil er Nicky bisher weder gesehen noch gehört hatte.

Sie nickte. »Er ist bei einem Freund. Gott sei Dank war er nicht hier, als Billy auftauchte.«

Kyle gab ihr einen Kuss auf die Stirn. »Wir werden das gemeinsam durchstehen«, sagte er, auch wenn sie darauf bestanden hatte, die Probleme mit ihrem Ex alleine zu regeln.

Er sagte es trotzdem, weil sie schließlich ein Paar waren, und selbst wenn die Beziehung für Andi keine Zukunft haben sollte, war Kyle diesbezüglich ganz anderer Meinung. Sein Ziel war es, sie dazu zu bringen, irgendwann dasselbe zu wollen wie er.

Der einzige Weg dahin war, wenn sie erkannte, dass er sie als die unabhängige Frau sah, die sie sein wollte. Er wollte nur, dass sie in Sicherheit war. Sollte Billy sie anrühren, dann würde er dafür bezahlen. Ansonsten würde Kyle seine Zeit dazu nutzen, ihr zu zeigen, wie sehr er sie schätzte, indem er die Grenzen respektierte, die sie gesetzt hatte. Allerdings würde er dabei ständig die Augen nach dem Mistkerl offen halten, der sie bedroht hatte.

* * *

Normalerweise brachte ein Mann seiner Freundin Blumen oder Schokolade mit, wenn er ihr etwas schenken wollte. Am Montag schaute Kyle im Blumenladen vorbei und schenkte Andi Pfefferspray, worüber sie sich nicht mehr hätte freuen können. Für sie war es ein Beweis dafür, dass er ihr Bedürfnis verstand, sich selbst um das Problem mit ihrem Ex-Mann zu kümmern. Denn hätte Kyle weiter darauf gedrungen, dass er die Sache in die Hand nahm, hätte sie das verletzt und wütend gemacht. Jetzt aber wusste sie, dass er ihr zutraute, alleine mit ihrem Leben fertigzuwerden. Was ihr sehr viel bedeutete.

Sie hatte sich vorgenommen, die Drohung ihres Ex-Mannes zu ignorieren und einfach ganz normal weiterzumachen. Nicky hatte gestern in einem schwierigen Lese-Test hundert Prozent erreicht, deshalb würde sie ihn heute, wenn sie ihn von der Schule abholte, mit einem Ausflug zur Eisdiele überraschen, um seinen Erfolg zu feiern. Es war zwar schon etwas kühler geworden, aber ihrer Meinung nach konnte man Eis eigentlich immer essen.

Zum Abholen warteten die Eltern gewöhnlich in einem großen Pulk draußen vor der Schule. Die Lehrer brachten die Kinder bis zum Ausgang, aber es war unmöglich mitzubekommen, mit wem welches einzelne Kind schließlich fortging. So war das bei dieser Schule immer schon gewesen, aber normalerweise schaffte es Andi, ihren Sohn gleich beim Herauskommen in Empfang zu nehmen, und es hatte noch nie Probleme gegeben, ihn zu finden.

Sie entdeckte Nickys lächelndes Gesicht, während er auf den Ausgang zukam, und winkte ihm, damit er sie sah. »Hey, Mom!«

»Na, du. Guter Tag?«, fragte sie ihn.

»Nee, zu viele Mathe-Hausaufgaben.«

Sie grinste. »Also, dann werde ich daraus mal einen schöneren Tag machen. Wir gehen jetzt nämlich Eis essen, um deinen Lese-Test zu feiern.«

»Echt? Cool!«

Doch bevor sie ihn durch das Gedränge lotsen konnte, rief jemand seinen Namen, und als sie sich beide umdrehten, sahen sie Kyle auf sie zukommen.

»Du hast dein Mathebuch auf dem Tisch liegen gelassen«, sagte Kyle und reichte es Nicky.

»O.« Nicky errötete wegen seiner Unachtsamkeit, und auf einen auffordernden Schubs von Andi hin sagte er: »Danke, Mr. D.«

»Ja, danke.« Andi bedankte sich ebenfalls, denn Kyle hätte das Buch auch einfach auf dem Tisch liegen lassen können als eine Lektion für Nicky, damit er lernte, in Zukunft an seinen Kram zu denken und um organisierter zu werden.

»Wir gehen jetzt Eis essen«, berichtete Nicky.

Kyles Augen wurden größer. »Das ist meine Lieblingsbeschäftigung«, meinte er. »Außerdem habe ich Hunger.« Mit einem demonstrativ mitleiderregenden Lächeln begegnete er Andis Blick. »Ein Eis mit Schokostückchen könnte ich jetzt wirklich gut vertragen.«

Andi verdrehte die Augen, fragte ihn aber trotzdem: »Möchtest du vielleicht mitkommen?«

»O, das wär toll!«, sagte Nicky.

»Lasst mich mal überlegen. Ich hab zwar noch Arbeit zu erledigen, aber …« Kyle legte eine Kunstpause ein. »Na schön, überredet«, antwortete er dann lachend.

Andi schüttelte den Kopf, freute sich aber natürlich, ihn zu sehen und dass er sie begleitete.

»Wir treffen uns dann in der Eisdiele«, sagte Kyle und zwinkerte ihr zu, bevor er sich umdrehte und ging.

Sie legte ihre Hand auf Nickys Rücken, und sie gingen zu ihrem Wagen. Jetzt freute sie sich sogar noch mehr auf ihren kleinen Ausflug.

In der Eisdiele warteten sie auf Kyle, bevor sie bestellten. Nicky wählte Rocky Road, und Kyle nahm sein Eis mit Schokostückchen.

»Manche Dinge ändern sich wohl nie«, grübelte sie, während sie für sich selbst Pfefferminzeis mit Schokostückchen bestellte.

»Was soll ich sagen? Ich bin eben ein Gewohnheitstier.« Er zuckte mit den Schultern und nahm seine Eistüte von der jungen Frau hinter der Theke entgegen.

Nicky hatte sein Eis bereits und saß an einem Tisch, wo er mit einem in die Tischplatte eingelassenen iPad spielte. Andi hielt das für eine tolle Idee, auch und gerade für die Eltern, die mit ihren Kindern hierherkamen. Mitunter brauchte eine Mutter einfach einmal eine kleine Auszeit, und obwohl sie heute nicht gestresst war, hatte sie nichts dagegen, dass sich Nicky mit dem Gerät beschäftigte.

Andi hatte ihr Eis in einem Becher bekommen und setzte sich ganz in der Nähe von Nicky an einen kleinen Tisch Kyle gegenüber.

»Gibt es für diesen Ausflug einen besonderen Grund?«, erkundigte sich Kyle und leckte an dem Vanilleeis, das an der Waffel heruntertropfte.

»Nur eine kleine Belohnung, weil Nicky so eine tolle Note im Lese-Test bekommen hat«, erklärte sie. »Nach der

Schule hab ich nicht immer Zeit für ihn, wenn ich keine Vertretung im Laden habe. Heute hab ich eine, deshalb hat's geklappt.«

Kyle nickte.

Andi schob sich einen Löffel Eis zwischen die Lippen, und Kyles Blick verweilte auf ihrem Mund, während sie die minzige, kalte Leckerei vom Löffel leckte. Sie drehte den Plastikbecher und vergewisserte sich, dass er leer war. Ein tiefes Brummen entwich seiner Kehle, und sie erstarrte bei dem Geräusch und seinem Blick, aus dem sein reines sexuelles Verlangen sprach.

Sie musste nicht erst überlegen, was er sich wohl gerade vorstellte: ihren Mund um seinen Schwanz. Eine Intimität, die sie noch nicht miteinander geteilt hatten, aber eine, nach der sie sich zugegebenermaßen sogar sehnte. Die man sich aber vielleicht nicht ausgerechnet an einem öffentlichen Ort vorstellen sollte, noch dazu, wenn ihr Sohn daneben saß.

Sie räusperte sich. »Schau mich nicht so an«, sagte sie leise.

Er beugte sich zu ihr und flüsterte ihr ins Ohr: »Weil ich dich am liebsten aufessen würde, genauso wie du gerade dein Eis isst? Oder dass ich dich ...«

»Nicky, wie schmeckt deine Waffel?«, rief sie ihm zu, obwohl ihre Wangen gerade knallrot sein mussten.

»Prima«, antwortete Nicky mit vollem Mund, ohne dabei vom Display aufzusehen.

»Er wird dich nicht retten«, lachte Kyle.

Sie warf ihm einen schiefen Blick zu.

Aber noch bevor einer von ihnen etwas sagen konnte, öffnete sich die Tür der Eisdiele, und Phoebe kam herein. »Ich bin gerade hier vorbeigelaufen und dachte mir, das ist doch Andi!«, sagte sie zu ihrer Freundin und trat an ihren Tisch. »Etwas dagegen, wenn ich mich zu euch setze?«

»Natürlich nicht.« Kyle stand auf, rückte ihr den Stuhl zurecht, und Phoebe nahm Platz.

»Es gibt ein paar Neuigkeiten zu dem Haus, über das wir uns neulich unterhalten haben. Ich hätte dich deswegen ohnehin angerufen.« Phoebe schaute zu Nicky rüber, und Andi begriff, was sie meinte.

»Das Haus von Billys Mutter«, flüsterte Andi daraufhin Kyle zu. »Phoebes Firma führt den Verkauf durch.« Sie sah ihre Freundin an. »Was ist denn damit?«

»Wir haben ein Angebot von einem Paar erhalten, das bar zahlen wird. Sie ziehen nach Rosewood Bay und möchten, dass sich ihr Kind so schnell wie möglich in der Schule eingewöhnt, deshalb wollen sie das Haus unbedingt. Es stört sie nicht mal, dass noch einige Arbeiten daran anfallen. Sie sind mehr als glücklich, das selbst zu übernehmen, und Billy ist mit der Barabwicklung einverstanden. Klärung der Besitzrechte, Hausbesichtigung, Termitenkontrolle, Vermessung – alles bereits erledigt. Das Ganze sollte noch vor Thanksgiving über die Bühne sein.«

»Wow.« Andi war überrascht. »Das ging aber schnell.«

Phoebe nickte. »Kommt manchmal vor. Nicht oft, aber ...« Sie zuckte mit den Schultern.

»Vielleicht verlässt Billy ja die Stadt, sobald alles abgeschlossen ist«, murmelte Andi.

Kyle legte eine Hand auf ihre. »Hoffentlich.«

Andi warf einen Blick zu Nicky, der immer noch in das Spiel vertieft war.

»Okay, ich muss jetzt weiter zu Jamies Fußballspiel«, meinte Phoebe. »Ich bin froh, dass ich dir zufällig begegnet bin.«

»Ich auch«, erwiderte Andi.

»Mach's gut«, verabschiedete sich Kyle und erhob sich ebenfalls, als Phoebe aufstand. Dann setzte er sich wieder und sah Andi an. »Ich hab nachgedacht.«

»Worüber?«, fragte sie misstrauisch.

»Darüber, Braden Clark damit zu beauftragen, Nachforschungen über Billy anzustellen. Um rauszufinden, was er als Nächstes vorhat.« Braden war Juliettes Freund und Inhaber eines Detektivbüros.

Andi schüttelte den Kopf. »Ich will ihm keinen Anlass geben, hinter mir her zu sein. Ich will keinerlei Interesse an ihm zeigen. Sondern einfach nur Geduld haben und das Ganze im Sand verlaufen lassen. Sobald das Haus verkauft ist, hat er keinen Grund mehr hierzubleiben.« Ihr war klar, dass das nichts als Hoffnungen waren. Zum gegenwärtigen Zeitpunkt war Hoffnung jedoch das Einzige, was sie noch hatte.

Kyle seufzte. »Du machst mich alle damit, dass du mir Fesseln anlegst«, sagte er und klang frustriert.

»Aber ich weiß es wirklich zu schätzen, dass du meine Wünsche respektierst.«

»Ja, schon«, murmelte er. »Aber wenn die Sache aus dem Ruder läuft, verhandeln wir noch mal neu.«

Er drückte ihre Hand, und sie nickte.

»Wann sehe ich dich wieder?«, fragte er und rückte seinen Stuhl näher an den Tisch.

Er brauchte ihr nicht zu erklären, dass er damit kein Familientreffen meinte.

»Ich hatte Nicky erlaubt, dass ein Freund von ihm Freitagnacht bei uns schlafen darf, aber dann haben dessen Eltern Nicky ihrerseits ins Kino und zum Übernachten zu ihnen eingeladen. Also bin ich an diesem Abend allein zu Hause«, murmelte sie heiser.

Er beugte sich näher zu ihr. »Dann hast du jetzt ein Date.«

»Mom, ich bin fertig!« Nicky erhob sich von seinem Stuhl im gleichen Augenblick, als Andi ihren zurück- und von Kyle wegschob.

Es war eine Sache, etwas mit Kyle und ihrem Sohn gemeinsam zu unternehmen, aber eine ganz andere, in der Öffentlichkeit einander ihre Zuneigung zu zeigen. Sie war noch nicht bereit dafür, Nicky damit zu konfrontieren. Er würde zu viele Fragen über ihre Beziehung zu seinem Lehrer stellen – Fragen, die sie jetzt noch nicht beantworten wollte.

Noch nicht einmal sich selbst.

* * *

Am Freitag wartete Andi auf Kyle, aufgeregt, mit ihm allein zu sein. Dies war Zeit, die sie sich abseits ihres Mutterseins gönnte – Zeit, mit einem Mann zu verbringen, den sie begehrte und sehr, sehr gernhatte. Mehr erlaubte sie sich im Augenblick nicht zu denken. Er drängte sie nicht dazu, eine tiefere Beziehung einzugehen, deshalb musste sie auch nicht darüber nachdenken, wozu sie in ihrem Leben überhaupt bereit war.

Sie duschte, föhnte ihre Haare und schüttelte danach ihre Locken, an die sie sich im Laufe ihres Lebens gewöhnt hatte.

Sie benutzte ihre Lieblings-Feuchtigkeitscreme und machte sich dann für den Abend fertig. Ein Hauch Make-up und ein legeres Outfit, das aus Jeans und einem schwarzen T-Shirt bestand, was sie heute allerdings bestimmt nicht lange anbehalten würde.

Sie hatten kein Abendessen geplant, denn sie hatte zuvor noch Blumen für eine Feier zusammenstellen müssen und war erst spät nach Hause gekommen. Er käme einfach nur vorbei, um mit ihr zusammen zu sein.

Als es schließlich an der Tür klingelte, warf sie zuerst einen Blick aus dem Fenster und deaktivierte dann die neue Alarmanlage, bevor sie Kyle hereinließ. Es war zwar eine Umstellung, hinter einer alarmgesicherten Tür zu leben, aber das war ihr ihr Seelenfrieden wert.

»Hi«, begrüßte sie ihn und ließ seine Kleidung auf sich wirken, die legerer war als das, was er zum Unterrichten trug – eng anliegende Jeans und ein langärmeliger burgunderfarbener Pullover. Er sah immer sexy aus, ganz egal, was er anhatte, und der heutige Abend bildete da keine Ausnahme.

»Hi.« Er beugte sich vor und drückte ihr einen heißen Kuss auf die Lippen – keinen flüchtigen Begrüßungskuss, sondern einen, der sie wissen ließ, wie sehr er sich freute, sie zu sehen.

Ihr ging es genauso, und sie schlang ihre Hände um seinen Hals, erwiderte den Kuss, ihre Münder verschmolzen, und ihre Zungen verschlangen sich. Verlangen erfasste ihren Körper, Lust strömte wie eine zähe Flüssigkeit durch ihre Adern. Sie fuhr ihm durchs Haar, ihre Finger wühlten sich in die seidenweichen Strähnen, und sie hielten ihre Münder fest aufeinandergepresst.

Sie schlang einen Fuß um seine Wade, zog ihn näher an sich, und er schmiegte sich mit seiner Leiste zwischen ihre Beine. Sie stöhnte bei dem köstlichen Gefühl seines dicken, harten Penis, der ihr sagte, wie sehr er sie begehrte.

Er hob sie hoch und nahm sie in seine Arme.

»Kein Small Talk?«, fragte sie neckend.

Seine Augen funkelten vor Lust. »Nicht, wenn ich dich endlich wieder nackt sehen kann.«

»Dagegen lässt sich allerdings nichts einwenden«, erwiderte sie mit heiserer Stimme. Bedächtig rieb sie ihre Brüste an seinem Oberkörper, ihre Brustwarzen unter ihrem BH waren schon steif geworden, heißes Verlangen packte sie, und ihr Höschen wurde ganz feucht.

Er kniff ihr mit den Zähnen in die Unterlippe und trug sie ins Schlafzimmer. Sie sah ihm dabei die ganze Zeit unverwandt in die Augen, und sein Blick verschleierte sich vor Verlangen, als er sie auf die Matratze sinken ließ. Er griff nach dem Saum seines Shirts und zog es sich über den Kopf. Sie folgte seinem Beispiel und entledigte sich ihrer Kleider.

Bis sie damit fertig war, stand er ebenfalls nackt am Bettrand, hatte die Kondome aus seiner Jeanstasche in der Hand und warf sie auf den Nachttisch neben dem Bett.

»Weißt du, woran ich die ganze Zeit gedacht habe, als ich neulich an meinem Eis geleckt habe?«, fragte sie. Ihr Blick war auf seine beeindruckende Erektion gerichtet, die steif aufgerichtet darauf wartete, von ihrer Hand berührt zu werden. Oder von ihrem Mund.

»Woran denn?«, fragte er heiser.

»An das hier.« Sie kroch auf ihn zu, neigte den Kopf und leckte dann über seinen Schwanz, als wäre er eine Eiswaffel.

Er legte seine Hand auf ihren Kopf und stöhnte laut. »O mein Gott, Andi. Das fühlt sich so scheißgut an. Mach das noch mal.«

»Wer hätte gedacht, dass Sie ein so schmutziges Mundwerk haben, Mr. Davenport?«

Er kicherte, was sie beendete, indem sie seinen Penis in ihren Mund nahm und mit der Zunge daran herumspielte. Er schob seine Hand hinter ihren Kopf und begann ihn zu dirigieren, während er seinen Schwanz in ihren Mund stieß und wieder herauszog.

Sie schloss die Augen und atmete seinen maskulinen Geruch ein. Automatisch entspannte sich ihre Kehle, als sie einen gemeinsamen Rhythmus fanden. Mit Billy hatte sie das gehasst und auch nie den Wunsch danach verspürt. Außerdem hatte er ihr oft gesagt, wie schlecht sie es mache. Aber in diesem Moment war sie mit Kyle zusammen und wollte es tun. Es überraschte sie, wie sehr sogar. Und sie wollte jetzt nicht mehr an ihren Ex-Mann denken, sondern nur noch an Kyle. Der sich nicht wie Billy beschwerte, sondern sich völlig darin verlor, was *sie* gerade taten.

Er wiegte seine Hüften, und sie nahm so viel von ihm in sich auf, wie sie konnte, und reizte mit ihrem Schlucken seine Eichel. Er griff in ihr Haar, vollführte mit seinen Hüften immer schnellere, stoßende Bewegungen, bei denen sie jedes Mal ins Schwanken geriet. Plötzlich zog er an ihren Haaren, und sie verstand seine Warnung, wollte aber *alles* mit ihm erleben.

Also blieb sie, wo sie war, während sein Schwanz noch dicker zu werden schien. Und schließlich ließ er sich gehen, sein Orgasmus war heftig, und sie schluckte so viel und so schnell sie konnte. Als er vorbei war, sah sie zu ihm hoch, seine Augen waren voller Verlangen und seine Lider schwer, gleichzeitig war sein Blick aber auch sanft, mit einem Gefühlsausdruck darin, für den ihr die Worte fehlten.

Sie schaute weg, beängstigt von der Vertrautheit zwischen ihnen und was das bedeuten könnte. Stattdessen krabbelte sie zum Kopfende und ließ sich auf die Kissen fallen. Er kam zu ihr, zog sie in seine Arme, und sie legte ihren Kopf auf seine Brust und seufzte.

»Das war einfach unglaublich«, sagte er.

Sie verspürte einen leichten Anflug von Stolz, dass sie ihn befriedigt hatte. Bis jetzt hatte sie noch nie einen guten Mann in ihrem Leben oder in ihrem Bett gehabt. Billy hatte sie entjungfert und sie, abgesehen von Nicky, mit einem unguten Gefühl zurückgelassen, was Männer anging. Aber sie wusste instinktiv, dass Kyle zu den Anständigen gehörte. Zu der Art von Mann, der nach dem Sex kuschelte und dem es um mehr ging als nur um den Akt. Der mehr tat, als nur zu nehmen, was er kriegen konnte, und der sich hinterher auch nicht einfach auf seine Bettseite rollte und anfing zu schnarchen.

Sie lag an seiner breiten Brust und seufzte, und er fuhr ihr mit einer Hand über den Rücken und ließ sie schließlich auf ihrem Hintern liegen. »Ich hab so das Gefühl, dass es gleich noch eine zweite Runde geben könnte, oder?«

Sie hob den Kopf und grinste. »Ach, ja?«

Das war noch etwas, was sie an Kyle schätzte: dass er immer gute Laune zu haben schien. Sie musste nicht versuchen seine Gedanken zu lesen oder herausfinden, in welcher Stimmung er gerade war. Wenn ihm irgendetwas nicht passte, dann sagte er ihr das. Wenn er etwas wollte, dann fragte er danach. Und wenn er etwas geben wollte, dann tat er es, ohne eine Gegenleistung zu erwarten.

»Ich kann dir auch mehr Zeit zum Ausruhen geben«, bot sie ihm frech an. »Du weißt schon – falls du müde sein solltest.«

Ehe sie sich's versah, hatte er sie auch schon auf den Rücken gedreht und beugte sich mit glänzenden Augen über sie, offenbar herausgefordert durch ihre Bemerkung. »Ganz und gar nicht«, versicherte er ihr. »Nicht bei diesem atemberaubenden Körper, der auf mich wartet.« Er schob eine Hand über ihre Brust, knetete sie und zupfte an ihrer Brustwarze.

Sie stöhnte.

»Ich mag diesen Laut. Bedeutet er das, was ich denke?« Er wanderte mit seiner Hand ihre Brust herunter, über ihren

Bauch und ihre feuchte Muschi. »Ja. Schön und feucht –
nur für mich«, stellte er mit rauer Stimme fest. »Hat es dich
eben geil gemacht, als du mir einen geblasen hast?«

Sie wusste, dass ihr Gesicht gerade in allen erdenklichen
Rottönen glühte. »Ja«, gab sie dann zu.

Er schnappte sich das Kondom vom Nachttisch, riss die
Verpackung auf und rollte es sich über, bevor er sich über
sie beugte und ihr voller Leidenschaft in die Augen sah.
»Dann kümmern wir uns jetzt mal um dich«, sagte er und
manövrierte seinen Penis vorsichtig zwischen ihre Schenkel, wo ihre Muschi vor Verlangen pulsierte.

Sie spreizte ihre Beine stärker, und mühelos glitt er in sie,
weil sie schon so scharf auf ihn war. »Fühlt sich das gut an,
meine Schöne?«, fragte er und stieß dann tief in sie.

»Sooo gut.« Sie drückte den Rücken durch und stöhnte,
als er genau die richtige Stelle in ihr traf. Sie sah strahlende,
funklende Sternchen, und ihre Lust wurde weiter ange-
facht.

»Dann sollst du mehr davon kriegen.« Er begann zu stoßen und trieb sie mit jeder Reibung ihrer Körper immer
weiter an.

Auch das war neu für sie – beim Sex zu kommen und
derart unglaubliche Empfindungen zu haben, wenn sie
in das Gesicht des Mannes über ihr blickte. Denn es verstärkte diese Empfindungen noch, machte sie noch inniger
und unfassbarer. Ihr Körper reagierte auf alles an ihm, als
er immer wieder in sie stieß und ihrem Höhepunkt immer
näher brachte.

Die Vibrationen in ihrem Körper waren so heftig, dass

sie ihre Finger in seine Haut krallte und ihm ihren Körper bei jedem seiner Stöße entgegenschwang. Urplötzlich, fast ohne Vorwarnung, wurde sie von einer Welle von Empfindungen erfasst, die förmlich in ihr explodierte.

»Kyle, o Gott! Härter, härter«, rief sie, während er ihr diesen Wunsch erfüllte und erneut tief in sie stieß. Die Intensität der Wellen und Empfindungen verstärkten sich und überfluteten sie und beförderten sie in Dimensionen, die sie noch nie zuvor erfahren hatte. Er schien immer schneller zu werden, erstarrte plötzlich und kam, während sie von der nächsten Welle erfasst wurde.

Danach lagen sie eng umschlungen auf dem Bett, und Andi spürte, dass ihr Herz immer noch hämmerte. Kyle strich mit den Fingern über ihren Arm, während sein Atem allmählich wieder gleichmäßiger wurde.

»Wow«, entfuhr es ihr schließlich, als sie meinte, wieder sprechen zu können.

»Allerdings, wow.« Er zog sie näher an sich. »Und bevor du fragst – ich kann nicht gerade behaupten, dass ich jetzt schon wieder bereit wäre für eine weitere Runde.« Er lachte.

Sie musste ebenfalls kichern. »Für mich war das gerade ... einmalig.« Sie überraschte sich selbst, dass sie es laut aussprach. All die Gedanken, die ihr beim Sex durch den Kopf geschossen waren, waren immer noch präsent.

»Inwiefern?«

Sie war froh, dass ihr Gesicht seinem Brustkorb zugewandt war, sodass sie ihm bei dem Geständnis, das anscheinend aus ihr heraus musste, nicht in die Augen sehen musste. »Sex war bis jetzt noch nie wirklich gut für mich. Ich ... Billy war mein Erster.«

Daraufhin wurde Kyle ganz still. »Scheiße, Andi«, sagte er schließlich. »Ich hatte ja keine Ahnung.«

»Solltest du auch nicht.« So nahe sie sich als Teenager auch gestanden hatten, war Sex doch nie ein Gesprächsthema zwischen ihnen gewesen. Das war immer eine Linie, die sie nicht überschritten hatten. Es wurde Zeit, das zu ändern. »Ich glaube, das war zum Teil wohl auch der Grund, warum ich bei ihm geblieben bin. Du schenkst jemandem diesen Teil von dir ... ach, keine Ahnung. Ich war total dumm. Das ist ja nichts Neues.«

»Nein.« Seine Fingerspitzen verharrten an ihrer Taille. »Du warst nicht dumm. Er hat dich eingewickelt. Typen wie Billy machen das so. Und sie haben es immer auf Leute abgesehen, die schwächer sind als sie selbst. Ich weiß, dass er dir damals gedroht hat, er würde mir etwas antun, aber in Wirklichkeit hätte er das nie versucht. Er hat nur deine Angst gegen dich eingesetzt.«

Sie nickte. »Das stimmt.« Sie holte tief Luft. »Aber Sex war einfach nur das. Es war Sex und nicht mehr. Es war ein beschissenes erstes Mal, wofür er natürlich mich verantwortlich gemacht hat, weil ich noch Jungfrau war. Und später war ich dann einfach immer nur beschissen und blieb damit schuld daran. Weil ich nicht wusste, was ich tat. Weil ich frigide war.«

»Andi ...«

»Nein. Ich will dir das alles jetzt erzählen, bevor ich den Mut verliere.« Es erstaunte sie selbst, wie sehr sie ihm von ihrer Vergangenheit erzählen wollte, die sie bislang immer verheimlichte

Da ihr erstes Mal mit Kyle so unglaublich gewesen war, hatte sie es geschafft, dabei nicht an Billy zu denken oder an die Kritik, mit der er sie beim Sex immer überhäuft hatte. Bei Kyle hatte sie sich einen Schubs gegeben, mutig zu sein und ihren Spaß zu haben. Sie hatte die Zeit mit ihm einfach genießen und sich nicht mit der Vergangenheit befassen wollen. Aber jetzt, mit diesen neuen und unerwarteten Emotionen, die sie regelrecht überschwemmten, konnte sie einfach nicht anders, als genau das zu tun und dadurch vielleicht auch ihre Dämonen zum Schweigen zu bringen.

»Okay.« Sein Tonfall sagte ihr, dass er verstand und ihr zuhören wollte ... auch wenn er wusste, dass ihm das, was er gleich zu hören bekam, nicht gefallen würde.

»Was wir gerade miteinander geteilt haben, war neu und ziemlich aufschlussreich für mich.«

»Komm mal her.« Er zog sie so weit zu sich herauf, dass sie gezwungen war, ihm in die Augen zu sehen. »Es war nicht nur aufschlussreich, weil der Sex gut war.«

»Ja, ich weiß«, flüsterte sie, denn sie begriff, dass Gefühle mit im Spiel gewesen waren – tiefe, ernsthafte Gefühle.

Und dass sie vor diesen schleunigst sehr weit weglaufen sollte. Weil es schon einmal einen Mann in ihrem Leben gegeben hatte, der sie kontrollierte, indem er ihr Angst machte ... und jetzt fürchtete sie sich davor, Kyle könnte in ihrem Leben die Führung übernehmen, einfach weil es so leicht wäre, dies zuzulassen.

Sie drückte sich in eine Sitzposition hoch und fragte sich, was sie in Anbetracht dieser Erkenntnisse als Nächstes tun sollte.

»Ich hab einen Mordshunger nach dieser ganzen Bewegung«, sagte Kyle. »Was hältst du von Chinesisch?«

Und nachdem sie das Essen bestellt hatte, überbrückten sie die Zeit, bis es geliefert wurde, auf höchst einfallsreiche Weise. Sämtliche Gedanken, Distanz zwischen ihnen zu schaffen, wurden beiseitegeschoben. Jedenfalls einstweilen.

KAPITEL 8

Andi betrat das neue Restaurant, das kürzlich in der Nähe des Hafenviertels eröffnet hatte, um sich dort mit Halley, Phoebe und Juliette zu treffen. Sie hatten sich dort zu einem Mädels-Lunch verabredet, bei dem sie über ihre Thanksgiving-Pläne reden wollten, schließlich gehörten sie jetzt alle zu einer Familie. Als Kanes Schwester und somit Halleys Schwägerin war Andi indirekt auch mit Halleys Schwestern Phoebe und Juliette verwandt. Wobei Andi alle drei auch als ihre Freundinnen betrachtete. Wegen Billy hatte sie bislang nicht viele in ihrem Leben gehabt, deshalb waren diese Frauen oder die Tatsache, dass sie zu ihrem Leben gehörten, auch nicht selbstverständlich für sie.

Dem Anschein nach nahmen sie gerade erst Platz, denn Halley hängte noch ihre Handtasche an ihren Stuhl, und Juliette ließ sich eben nieder.

»Hi«, begrüßte Andi die anderen, als sie sich zu ihnen gesellte und auf den leeren Stuhl an dem runden Tisch setzte.

»Hi!«, erwiderten die anderen.

»Ich brauche dringend ein Glas Wasser. Ich bin am Verdursten.« Suchend schaute sich Juliette im Restaurant nach einer Kellnerin um. Als sie eine erblickte, hob sie die Hand, und die Frau kam zu ihnen und nahm die Getränkebestellungen auf.

Keine bestellte Alkohol – Halley nicht, weil sie schwanger war, und die anderen nicht, weil sie alle am Nachmittag noch arbeiten mussten. Stattdessen orderten Halley und Andi Selters, Phoebe einen Cranberrysaft und Juliette eine Cola light.

»Wie geht's euch so?«, fragte Phoebe in die Runde.

Schwer beschäftigt, schien die übereinstimmende Antwort zu sein. Dann unterhielten sie sich über ihre Jobs und Ehemänner, über ihre Freunde und Kinder, und bestellten anschließend das Essen.

»Ich nehme den feinen Salatmix«, sagte Juliette.

»O, ich auch«, schloss sich Phoebe ihrer Schwester an und klappte die Speisekarte zu.

»Ich nehme den griechischen Salat«, sagte Andi.

Die Kellnerin notierte sich alles. »Mit Sardellen?«

Andi nickte. »Klar.«

»Ähm, würde es dir etwas ausmachen, darauf zu verzichten?«, bat Phoebe ihre Freundin.

Andi warf ihr einen fragenden Blick zu. »Warum?«

»Weil mir allein bei dem Gedanken schon schlecht wird«, murmelte Phoebe.

Andi zuckte mit den Achseln und schaute zur Kellnerin auf. »Dann keine Sardellen.«

»Und Sie?«, fragte die Frau Halley.

Diese warf noch einen letzten Blick in die Speisekarte. »Grillhähnchen mit Salat und Tomaten.« Sie reichte der

Bedienung die eingeschweißte Speisekarte. »Und Pommes frites, bitte.«

Die Kellnerin notierte sich alles und lächelte. »Vielen Dank. Sagen Sie einfach Bescheid, falls Sie noch etwas brauchen.« Dann ließ sie die Runde wieder allein.

»Also, jetzt lasst uns mal über Thanksgiving reden«, schlug Phoebe vor. »Ich würde es dieses Jahr schrecklich gerne bei mir machen.« Ihr Ehemann Jake, der Bauunternehmer war, hatte ein Haus in einer wunderschönen baumreichen Gegend erworben, in das Phoebe und ihr Sohn eingezogen waren, nachdem sie und Jake letztes Jahr an Weihnachten geheiratet hatten.

»Ich ...« Andi wollte gerade sagen, dass ihr Haus natürlich ebenfalls zur Verfügung stehe, auch wenn es vielleicht ein bisschen klein sei, sie sich aber auch gern den Wünschen der anderen fügen werde.

Doch Halley schnitt ihr das Wort ab. »Eigentlich wollen Kane und ich dieses Jahr unbedingt die Gastgeber sein«, erklärte sie und warf ihrer älteren Schwester einen Blick zu. »Meinst du, ich könnte dir das abluchsen?«

Juliette schaute zwischen den beiden Schwestern hin und her. »Ich wohne zurzeit ja in Tante Joys Gästehaus, also werde ich das Streiten euch überlassen.«

Sie und Andi hüteten sich, zwischen die Fronten der beiden Schwestern zu geraten, die sich darum zankten, wo in diesem Jahr das Thanksgiving-Dinner stattfinden sollte.

Phoebe blickte finster drein. »Aber ich habe mich schon so auf ein Familienessen bei mir daheim gefreut.«

»Genauso wie ich. Du kannst es ja nächstes Jahr machen«, erwiderte Halley, ein Versuch, ihre Schwester zu besänftigen.

»Aber ich bin schwanger ... und es würde mir wirklich viel bedeuten, meine Familie bei mir zu Hause um mich zu haben«, gab Phoebe zurück und strich sich eine Strähne ihres platinblonden Haars hinters Ohr.

Es entstand ein verblüfftes Schweigen am Tisch. Halley war die Erste, die die Sprache wiederfand. »Und du sagst das jetzt nicht einfach nur so, um mich davon zu überzeugen, klein beizugeben?«, fragte sie nur halb im Scherz.

Andi grinste, bereits aufgeregt und entzückt über diese unvermutete Neuigkeit. Und sie staunte unwillkürlich über die Art, wie diese beiden Schwestern miteinander sprachen. Man hätte meinen können, sie wären zusammen aufgewachsen und hätten all die ganz normalen Streitigkeiten und Rivalitäten zwischen Geschwistern miterlebt. Stattdessen waren sie jedoch schon als kleine Kinder voneinander getrennt und in verschiedene Pflegefamilien gesteckt worden. Juliette dagegen hatte ihr leiblicher Vater zu sich geholt und sie über den Rest ihrer Familie belogen. Bis letzten Sommer hatte sie nicht einmal gewusst, dass sie überhaupt zwei Schwestern hatte.

Mit offenem Mund starrte Phoebe ihre Schwester Halley an. »Machst du Witze? Natürlich sage ich die Wahrheit! Ich *bin* schwanger!«

Daraufhin kreischte Halley laut auf, zu der die Neuigkeit anscheinend jetzt erst durchdrang. »Dann werden wir ja fast zur selben Zeit ein Baby haben!« Die Meinungsverschiedenheiten waren vergessen. Halley sprang auf, um ihre Schwester zu umarmen, aber Juliette war schneller. Was folgte, war eine waschechte und tränenreiche Umarmungs-Orgie, die Andi miteinschloss.

»Ich freu mich ja so für dich und Jake!«, sagte sie, als sie an die Reihe kam, Phoebe fest in die Arme zu schließen.

Irgendwann setzten sie sich alle wieder hin und merkten, dass sie eine ziemliche Show im Restaurant abgezogen hatten.

»Manche Leute gehen wirklich ganz schön weit, um ihren Willen zu bekommen. Und um meine Schwangerschaft in den Schatten zu stellen«, meinte Halley lachend, als ihr Essen kam. Aber das Lächeln auf ihrem Gesicht war einfach nur glücklich. »Dann findet dieses Jahr Thanksgiving eben bei dir statt, Phoebe.«

»Wir können ja alle ein oder zwei Sachen mitbringen, damit du nicht so viel Arbeit hast«, schlug Andi vor.

Alle stimmten zu und warfen dann damit um sich, was genau in der Küche ihre Spezialitäten waren.

»Gehen in diesem Jahr eigentlich alle in die Stadt, wenn die Lichter am großen Weihnachtsbaum angemacht werden?«, fragte Juliette in die Runde. »Für mich ist es nämlich das erste Mal, und ich wüsste gerne, dass ihr alle auch da seid.«

»Jake und ich haben Jamie«, sagte Phoebe.

Halley warf ihren Schwestern Blicke zu. »Normalerweise bin ich da nicht hingegangen.« Sie war eine ziemliche Einzelgängerin gewesen, bevor sie mit Kane zusammenkam. »Aber dieses Jahr würde ich gerne. Und ich kann

Kane bestimmt überreden mitzukommen. Andi? Was ist mit dir?«

»Nicky und ich gehen immer«, antwortete Andi. Beziehungsweise seit Billy nicht mehr in Rosewood Bay lebte. Auch dieses Jahr wollte sie wieder teilnehmen und hoffte, dass Billy nicht auftauchen würde.

»Super!« Zufrieden schnappte sich Juliette ihre Gabel, und alle widmeten sich wieder ihren Tellern.

Beim Essen zwang Andi ihren Salat beim Schlucken an dem Kloß in ihrem Hals vorbei – ein Kloß, der sich allerdings der Freude für Phoebe verdankte und über die Tatsache, dass sie ebenfalls zum Leben dieses Kindes gehören würde, genauso wie zu dem von Halleys und Kanes Baby. Das wäre ausgeschlossen gewesen, wenn sie noch mit Billy verheiratet gewesen wäre. Und sie sich nicht die Kontrolle über ihr Leben zurückgeholt hätte und ihrer Familie wieder nähergekommen wäre.

Seit Billy bei ihr zu Hause aufgetaucht war, hatte sie nichts mehr von ihm gehört. Sie nahm an, das habe vermutlich etwas damit zu tun, dass sie sich seitdem nicht mehr mit Kyle in der Öffentlichkeit gezeigt hatte. Somit hatte sie Billy keinen Grund gegeben, sie weiter zu belästigen.

Sie fragte sich, was Kyle an Thanksgiving machte. Es war nicht so, dass sie ihn in ihrem Leben brauchte, aber es gefiel ihr, dass er darin vorkam. Gleichzeitig war ihr natürlich klar, dass er seine Familie hatte, mit der er den Feiertag vermutlich verbringen würde. Sie sagte sich, dass das gut war und sie es überhaupt nicht vermissen würde, wenn sie den Tag nicht mit ihm verbrachte.

Mit seinem Lächeln.

Seiner guten Laune.

Seinem Sexappeal. Wovon er jede Menge hatte.

Sie seufzte laut.

»Andi, was ist denn los?«, erkundigte sich Halley. »Das war ein ganz schön tiefer Seufzer.«

Andi schaute auf. Sie merkte, dass sie bei Tagträumen in Bezug auf Kyle erwischt worden war, und lief rot an. Knallrot, da war sie sich ganz sicher.

»Du bist ja ganz rot geworden. Woran denkst du gerade, Andi?«, erkundigte sich Juliette.

»Ich wette, es hat etwas mit Kyle Davenport zu tun«, vermutete Phoebe bestimmt, und Andi sah keinen Sinn darin, es abzustreiten.

»Könnten wir das Thema wechseln?«, fragte sie stattdessen, sie wollte die Zeit mit diesen Frauen genießen, die ihre Freundinnen waren.

★ ★ ★

Andi lag in der Badewanne, ließ sich tief ins Wasser sinken, spürte die Wärme und seufzte. Es war ein langer Tag gewesen, sie hatte viele Bestellungen erledigen müssen und war viel auf den Beinen gewesen. Ein ziemlich anstrengender Tag. Sie schloss die Augen und genoss die Entspannung, denn sie wusste, dass Nicky in seinem Zimmer war und las. Diese Zeit hatte sie ganz für sich allein.

Dann klingelte ihr Handy. Sie trocknete sich die Hand ab und schnappte sich das Telefon. Als sie auf dem Display sah, dass es sich bei dem Anrufer um Kyle handelte, ging sie ran. »Hallo?«

»Hallo, Hinreißende! Wobei habe ich dich gerade erwischt?«

Beim Klang seiner Stimme reagierte ihr Körper sofort, ihre Brustwarzen richteten sich auf, und ihre Muschi zog sich vor Verlangen zusammen. »Ich liege in der Badewanne.«

»Quäl mich doch nicht mit solchen Vorstellungen.« Ein tiefes Stöhnen drang aus seiner Brust.

»Ich kann doch nichts dafür! Schließlich hast du mich gefragt, was ich mache, und ich bade wirklich grade.«

Ein weiteres Stöhnen ertönte durchs Telefon. »Bist du glitschig und eingeseift?« Seine Stimme war rau.

»Noch nicht.« Sie blickte auf die Tube mit dem Badegel auf dem Wannenrand.

»Meinst du nicht, das solltest du sein? Tu mir den Gefallen und schütt dir was von diesem herrlich nach Pfirsich duftenden Zeug auf die Hand und reibe deinen Körper damit ein.«

Sie verdrehte die Augen. »Mit dem Telefon in der Hand geht das aber nicht.«

»Dann schalt den Lautsprecher ein … leise …«, sagte er, weil er wusste, dass sie nicht alleine zu Hause war. »Und leg das Telefon auf den Badewannenrand.«

Sie blinzelte und überlegte kurz, ob das klug wäre. Doch dann stellte sie die Lautstärke leiser, sodass keiner außer ihr etwas hören könnte, und legte das Telefon auf den Wannenrand.

Anschließend nahm sie die Tube und drückte sich eine großzügige Menge des Gels in die Handfläche.

»Was machst du gerade?«, fragte er.

Sie schluckte. »Ich seife mich jetzt ein«, antwortete sie, während sie sich über ihre Arme und ihre Brüste rieb.

»Wo ist deine Hand jetzt?«

Sie fuhr sich mit der Zunge über die Lippen, ihre Muschi pulsierte. »Auf meinem Busen.«

»Seif jetzt deine Brüste ein«, forderte er sie auf. Sie wanderte mit den Händen über ihre Brüste, zuerst über die eine, danach über die andere.

»Vergiss nicht deine Nippel, Andi. Verteile das Gel darauf und reibe sie zwischen deinen Fingern.«

Ihre Wangen fühlten sich bereits an, als glühten sie, Telefonsex war absolutes Neuland für sie. Aber sie kniff sich die Nippel, strich darüber und rollte sie zwischen den Fingern, bis sich ihre Hüften dazu bewegten. Sie drückte die harten Knospen fester, ihre Muschi barst fast vor Verlangen, und sie stöhnte. Leise und erregt und tief aus ihrem Inneren heraus, wie sie verwundert registrierte.

»O Gott«, murmelte er.

Sie hörte das Geräusch eines Reißverschlusses und begriff, dass er seine Hose öffnete und wahrscheinlich gerade seinen Schwanz in die Hand nahm. Über ihrer Oberlippe bildeten sich Schweißperlen.

»Stell dir jetzt vor, dass deine Hände meine sind und lass sie deinen Bauch runterwandern. Ganz langsam.«

Zentimeter für Zentimeter bewegte sie ihre Finger nach unten, über ihren Brustkorb, ihren Bauch, an ihrem Bauchnabel vorbei, bis ihre Fingerspitzen ihre Pussy erreichten. Ihr Kitzler pulsierte bereits erwartungsvoll, als sie darüber strich. Sie holte tief Luft.

»Stell dir jetzt vor, dass ich das bin, der das mit dir macht. Das sind meine Finger, die gerade über deinen feuchten Kitzler gleiten. Reib in Kreisbewegungen.« Er war fast heiser vor Verlangen.

»Kyle ...«, stöhnte sie, und dann taten ihre Fingerspitzen genau das, wozu er sie aufgefordert hatte. Sie strichen über und um die härter gewordene Spitze, Verlangen überwältigte sie, viel stärker als sonst, wenn sie sich selbst befriedigt hatte.

»Andi, verdammte Scheiße«, stieß er durch zusammengebissene Zähne hervor, und sie war überzeugt, dass er sich gerade einen runterholte, während er ihr Anweisungen gab, sich selbst zum Orgasmus zu bringen.

Er flüsterte ihr weiter sexy Anweisungen ins Ohr, die sie aber kaum hörte.

Es waren seine unwiderstehlich raue Stimme und die durch ihre Finger und das Zucken ihrer Hüften hervorgerufenen Gefühle, die sie förmlich verzehrten, im Verbund mit dem Wissen, dass er gerade auf seinen eigenen Höhepunkt zusteuerte.

»Steck dir jetzt deinen Finger in die Muschi«, befahl er nun ein bisschen lauter, als wüsste er ganz genau, dass er das Verlangen, das sie gerade durchflutete, mit seiner Stimme übertönen musste.

Also schob sie sich ihren Finger in ihre Pussy, krümmte ihn, ihr Daumen lag auf ihrem Kitzler, und dann begann sie ihn zu reiben, kurze Atemzüge und Stöhnen entrangen sich ihrer Kehle.

»Und jetzt wirst du für mich kommen«, sagte er.

Die Bewegungen ihrer Finger wurden schneller und fester, sie stieß sich einen weiteren Finger in ihre Muschi – und dann war es plötzlich so weit. Herrliche Wellen der Lust brachten sie ihrem Höhepunkt immer näher, bis sie schließlich kam und ihr Orgasmus sie förmlich explodieren ließ.

Und die ganze Zeit über begleitete sie Kyles Stimme. »Ja, gut so. Komm. Stell dir vor, dass ich dich gerade nehme.«

Sie drückte ihren Kitzler, im gleichen Moment, als er aufstöhnte. »Aah, verdammt, Andi!«, rief er, offensichtlich kam er auch gerade.

Als sie sich in das inzwischen kühle Wasser zurücksinken ließ, erschöpft und völlig überwältigt, fühlte es sich an, als wäre Kyle persönlich da gewesen. Als wären es seine Finger auf ihren Brustwarzen gewesen, auf ihrem Bauch, an ihrem Kitzler ... und in ihrem Körper.

»Alles okay bei dir?«, fragte er heiser. Sie lehnte ihren Kopf gegen den Badewannenrand und seufzte. »Total entspannt«, murmelte sie.

»Ich kann nicht gerade behaupten, dass ich mit so etwas wie dem hier gerechnet hätte, als ich bei dir anrief«, lachte er leise. »Aber es war scheiß gut.«

»Wie ich schon sagte – Sie haben ein schmutziges Mundwerk, Mr. Davenport. Ich muss jetzt aus der Wanne, das Wasser ist schon ganz kalt.«

»Okay, ich komm morgen bei dir im Laden vorbei. Ich wollte dich etwas fragen, aber im Moment bin ich zu erledigt dafür.«

Sie lächelte, denn sie wusste, dass sie ihm einen ebenso explosiven Orgasmus verschafft hatte wie er ihr. »Dann sehen wir uns morgen.«

* * *

Am Freitag um die Mittagszeit scannte Kyles Blick die Straße ab, während er auf das In Bloom zuging. Es wimmelte zwar von Menschen, doch er schaute sich sicherheitshalber trotzdem nach Billy um, da er ihm durchaus zutraute, Andi erneut zu belästigen. Eigentlich wuchs Kyles Nervosität sogar, je länger es ruhig blieb.

Er betrat den Laden. Andi hatte noch Kundschaft und nahm gerade eine telefonische Bestellung entgegen. Während er wartete, bis sie Zeit für ihn hatte, sah er ihr bei der Arbeit zu. In den Gesprächen mit ihren beiden Kunden zeigte sich ihr herzliches Wesen, und ihre schwungvollen Locken hüpften, wenn sie auf verschiedene Artikel in der Kühlvorrichtung hinter ihr zeigte. Als sie seinerzeit den Job im Blumenladen angetreten hatte, mochte sie zwar keinerlei Erfahrungen gehabt haben, inzwischen hatte sie sich jedoch das erforderliche Wissen einer Floristin angeeignet, und es lag auf der Hand, warum sie heute die Geschäftsführerin war.

Endlich war es leer im Laden, und Kyle stützte sich mit einem Ellbogen auf die Ladentheke. »Viel zu tun?«

Sie lachte. »Nicht ganz so viel, wie es für dich ausgesehen hat, als du reinkamst. Das ist nur der Ansturm um die Mittagszeit. Lass uns reden, bevor hier wieder die Hölle los ist. Was gibt's?«

»Tja, ich weiß zwar, dass es noch ein paar Wochen bis dahin sind, aber meine Mutter macht bereits Pläne für Thanksgiving, und ich wollte dich und Nicky zu uns zum Dinner einladen. Es werden nur meine Mom, mein Dad und mein Bruder Chase da sein. Und ich natürlich.« Er schaute sie an und hoffte, dass sie zustimmte.

»O, Kyle. Ich wünschte, ich könnte, aber in meiner Familie gab es auch schon so eine Unterhaltung. Da Kane mit Halley verheiratet ist, gehören damit auch die anderen Ward-Schwestern dazu. Es wird also ein ziemlich großes Familienreffen. Ich hatte sogar schon daran gedacht, dich ebenfalls einzuladen, aber ich weiß, dass deine Mutter am Boden zerstört wäre, wenn du an dem Feiertag nicht bei ihnen bist.«

Kyle war zwar enttäuscht, konnte sie aber auch verstehen. »Du hast absolut recht, was meine Mom angeht. Und mir ist klar, dass du bei deiner Familie sein musst. Aber wie wär's mit dem Nachtisch? Kann ich dich und Nicky dafür zu uns entführen?«

Sie schwieg einen Moment lang und überlegte, dann nickte sie. »Klar, das wäre toll! Ich würde sehr gerne auch Zeit mit dir und deiner Familie verbringen.«

Er grinste, als er sich näher zu ihr beugte, denn dieser Satz war ja wohl ein verdammt großer Schritt in die richtige Richtung. »Fein, das ist dann also abgemacht!«

Bevor sie etwas darauf erwidern konnte, bimmelten die Glöckchen an der Ladentür und kündigten einen neuen Kunden an.

Zu ihrer beider Überraschung kam Billy hereinspaziert und blieb auf halbem Weg zum Ladentisch stehen. »Na, schau mal einer an, wer sich hier nicht an Anweisungen hält.« Sein Blick schoss von Kyle zu Andi.

Kyle versteifte sich beim Anblick des ehemaligen Sportlers, der ganz offensichtlich ziemlich nachlässig geworden war. Er wippte auf den Fersen, die Hände zu festen Fäusten geballt. Kyle war bereit, auf Billy loszugehen, sollte das erforderlich sein, um diesen Mistkerl ein für alle Mal von Andi fernzuhalten.

Er warf ihr einen Blick zu ihr. Ihre Augen waren weit aufgerissen.

»Was machst du hier?«, fragte Kyle.

»Das ist ein Blumenladen. Ich bin da, um mir ein paar Blumen anzuschauen. Und muss beim Reinkommen feststellen, dass ihr hier anscheinend rumturtelt.«

»Stell doch fest, was du willst, Billy. Aber falls du nichts kaufst, möchte ich, dass du verschwindest.« Andi straffte ihre Schultern, als sie sich ihrem Ex-Mann entgegenstellte.

»Das ist ein Laden, und ich stöber ein bisschen rum.«

Andi legte ihre Hand auf das Telefon auf dem Ladentisch.

»Kauf was oder hau ab. Sonst rufe ich die Polizei und sage ihnen, dass du mich belästigst.«

Als er sie daraufhin nur wütend anstarrte, sich ansonsten aber nicht rührte, trat Kyle auf Billy zu.

Andi keuchte auf, ganz eindeutig wollte sie keine Konfrontation, aber irgendwer musste mit diesem Typen mal Klartext reden.

»Du und Andi habt nichts miteinander zu bereden. Du hast nichts mehr mit ihr zu tun, weder privat noch sonstwie. Wenn du in diesem Geschäft etwas kaufen möchtest, kann ich dich nicht daran hindern. Aber wenn du nur aus dem Grund hier bist, um Andi zu drohen oder sie mit deiner Anwesenheit einzuschüchtern, dann kann ich durchaus etwas dagegen unternehmen.« Kyle überlegte nur den Bruchteil einer Sekunde, dann packte er Billy am Hemdkragen und zog ihn hoch vor dessen Gesicht. Denn Billy Gray musste wissen, dass Kyle keine Angst vor ihm hatte. Er würde Kyle nicht dazu bringen, aus Angst klein beizugeben. »Kapiert?«

Billy befreite sich aus Kyles Griff. »In meinen Augen bist du hier der Einzige, der jemanden einschüchtert. Und dann auch noch einen Kunden!«, stieß Billy hervor, machte jedoch keinerlei Anstalten, handgreiflich gegenüber Kyle zu werden. »Na schön. Ich gehe. Andrea kennt ja die Konsequenzen, wenn sie sich mir widersetzt, nicht wahr, Andrea?« Er richtete seine Worte an die eine Person, vor der er keine Angst hatte, sich mit ihr anzulegen.

»Hau ab, Billy. Verkauf das Haus deiner Mutter und verlass die Stadt. Das ist für alle das Beste, und du hast hier nichts mehr verloren«, sagte Andi. Sie versuchte gelangweilt zu klingen, aber Kyle hörte das Zittern in ihrer Stimme.

»Mach ihr Angst, drohe ihr, fass sie an und du kriegst es

189

mit mir und der Polizei zu tun! Die Zeiten, in denen du ihr wehgetan hast, sind vorbei!«

Billy strich sich sein Hemd glatt, kniff die Augen zusammen und stürmte aus dem Laden.

Kyle wartete, bis er außer Sicht war. Dann drehte er sich zu Andi um und ging zu ihr. Er zog sie in seine Arme und hielt sie ganz fest.

»Du hättest ihn nicht provozieren sollen«, sagte sie, erwiderte seine Umarmung aber.

Er atmete ihren vertrauten Geruch ein und zog sie noch enger an sich. »Er hat dich provoziert, indem er hier aufgetaucht ist. Ich hab ihn bloß mal fühlen lassen, was er anderen antut. So ein Typ wie er wird mir nichts tun. Der konzentriert sich immer nur auf solche, die schwächer und verletzlicher sind als er. Ich hab ihn lediglich vor den Folgen seiner Handlungen gewarnt«, erwiderte Kyle und strich ihr mit der Hand über den Rücken.

»Und er hat mich vor den Konsequenzen für mich gewarnt.«

»Es ist höchste Zeit, Andi. Du musst endlich die Polizei einschalten. Informier sie darüber, dass er dich belästigt.«

Zitternd holte sie tief Luft und nickte. »Okay.«

Das war einfacher, als er gedacht hatte. Allem Anschein nach war ihr Billys Wiederauftauchen ganz schön unter die Haut gegangen. »Wie wär's, wenn ich dich nach der Arbeit abhole und wir dann zusammen zu dir nach Hause gehen? Kannst du irgendjemandem Bescheid sagen, Nicky von der Schule abzuholen?«

Sie nickte. »Er geht heute nach der Schule sowieso zu einem Freund.«

Kyle streichelte ihr über die Wange. »Alles wird gut«, versprach er ihr.

Sie erwiderte nichts darauf, und es nagte an ihm, dass er die Dinge nicht einfach wie von selbst wieder richten konnte.

Der Abstecher zum Polizeirevier verlief reibungslos, einmal abgesehen davon, dass Andi keine Beweise für frühere Übergriffe oder für Billys derzeitiges Stalken vorweisen konnte. Der Officer war dennoch mitfühlend und verständnisvoll, nahm ihre Aussage auf, und weil Rosewood Bay eine kleine Stadt war, versprach er ihr, sowohl tagsüber wie auch nachts regelmäßig einen Streifenwagen bei ihr zu Hause und beim Blumenladen vorbeizuschicken.

Das beruhigte Kyle zwar ein wenig, reichte ihm aber nicht. Ginge es nach ihm, dann würde er bei Andi einziehen, bis ihr Ex die Stadt auf Nimmerwiedersehen verlassen hatte. Doch er hütete sich, das vorzuschlagen. Schließlich konnte er ja nicht einfach bei ihr im Schlafzimmer übernachten, Nicky war schließlich nicht dumm. Und wenn er auf der Couch schliefe, würde der Junge fragen, warum sein Lehrer bei ihnen die Nächte verbrachte. In dem Fall würde Andi Nicky keinesfalls erschrecken wollen, indem sie ihm erzählte, dass Billy wieder zurück war und ihr gedroht hatte.

Und als reichten all diese Gründe noch nicht, waren da ja auch noch Andis ganz persönliche Problempunkte. Würde er sie darum bitten, bei ihr bleiben zu dürfen, würde sie davon ausgehen, dass er ihre Unabhängigkeit infrage stellte. Und er wollte auf keinen Fall die Stabilität gefährden, die sie in ihrer Beziehung gefunden hatten.

Dennoch hatte er vor, Andi und Nicky künftig noch besser im Auge zu behalten.

★ ★ ★

Am Sonntagabend gingen Andi und Nicky zum Abendessen zu Kane und Halley. Kyles Einladung zu Thanksgiving nächste Woche hatte sie ablehnen müssen, weil Familientreffen bei ihnen in letzter Zeit selten gewesen waren und sie Halley und Kane nicht hatte absagen wollen. Andi hatte zwar angeboten, das heutige Essen bei sich zu Hause zu veranstalten, aber Halley war ein sehr häuslicher Mensch, und Andi hatte nichts dagegen, zu ihr in ihr Strandhaus zu gehen.

Weil sie etwas beitragen wollte, machte sie Nickys Leibgericht – ihren süßen Kartoffelkuchen –, besorgte Nachtisch und nahm alles mit zum Haus ihrer Schwägerin. Halley bereitete in der Küche gerade Rinderbrust und Gemüse zu, als Andi und Nicky ankamen.

Kane begrüßte sie an der Tür und führte sie ins Haus. »Hey, Nicky! Wollen wir raus und ein bisschen Fußball spielen?«, fragte Kane, dem es wichtig war, seinen Neffen für Sport zu begeistern.

»Au ja!«

»Wir treffen uns dann gleich draußen. Ich will vorher nur noch kurz mit deiner Mom reden.«

Nicky nickte und rannte nach draußen.

»Was gibt's denn?«, fragte Andi mit besorgtem Blick.

Verlegen schaute er sie an. »Ich mach mir ein bisschen Gedanken wegen dieser Dad-Sache. Ich hoffe, dass ich bei Nicky genug gelernt habe, um alles richtig zu machen«, murmelte er ihr ins Ohr.

Keiner von ihnen sprach an, dass in Nickys ersten sieben Lebensjahren, bevor sich Billy aus dem Staub machte, Kane nicht so viel Zeit mit seinem Neffen verbringen konnte, wie er gerne gewollt hätte.

Sie schob diesen Gedanken beiseite und wurde ernst. »Du wirst ein ganz großartiger Dad sein. Der beste überhaupt. Genauso wie du der beste Bruder und Onkel bist, den es gibt.« Tränen traten ihr in die Augen, und sie umarmte ihn. Ihr Bruder hatte dieses Glück verdient. Und noch so viel mehr.

Er löste sich aus der Umarmung und grinste sie an. »Danke. Aber jetzt noch was. Ich hab über den Familienflurfunk gehört, dass du Schwierigkeiten mit Billy hast. Erst heute Morgen hab ich mitbekommen, dass er wieder in der Stadt ist und dich belästigt. Ich finde es gar nicht gut, das von anderen erfahren zu müssen. Und mir gefällt auch nicht, dass meine Frau es vor mir verheimlicht hat, weil sie besorgt war, ich könnte auf den Scheißkerl losgehen.« Er zog ein finsteres Gesicht, aus dem Enttäuschung sprach.

Andi biss sich auf die Innenseite ihrer Wange. »Tut mir leid. Ich hab mir dieselben Sorgen gemacht wie Halley. Ich wollte nicht, dass du mit Billy in eine Prügelei gerätst, deshalb hab ich nichts gesagt.«

Er ergriff ihre Hände. »Du hast dich schon mal von uns zurückgezogen. Ich käme nicht damit klar, wenn du das noch mal tust. Und ich weiß mittlerweile, dass es viel gibt, das ich nicht über deine Ehe wusste und wie Billy dich behandelt hat, bis es zu spät war ... Und das ist meine Schuld. Aber Andi, du musst dir von deiner Familie helfen lassen!«

»Den Satz habe ich in letzter Zeit häufiger gehört«, murmelte sie.

»Ich hoffe von Kyle?«

Sie nickte.

»Es gibt Menschen, die dich lieben, Andi. Lass sie für dich da sein. Das macht keinen schwachen Menschen aus dir. Genau genommen, macht es dich sogar stärker.«

Erneut traten ihr Tränen in die Augen. »Ich hab dich lieb«, sagte sie zu ihrem Bruder und umarmte ihn zum zweiten Mal an diesem Tag.

»Ich dich auch. Und jetzt raus mit der Sprache – wie genau belästigt er dich?«

Sie schluckte. »Am Freitag ist er im Laden aufgetaucht, als Kyle gerade da war. Er hat Billy gewarnt, dass er sich von mir fernhalten soll. Und anschließend sind wir zum Polizeirevier gefahren, und ich habe Anzeige erstattet. Ein Streifenwagen wird hin und wieder bei mir zu Hause vorbeifahren.« Aber trotzdem schaute sie sich immer noch ständig um.

»Und was, wenn er dich wieder belästigt?«, fragte Kane und ballte die Fäuste.

Sie griff nach einer und streichelte sie, bis er sie wieder löste. »Alles wird in Ordnung kommen. Seid nicht alle so überängstlich um mich.« Sie gab ihm einen Kuss auf die Wange. »Und jetzt geh mit Nicky Fußball spielen.«

Er schien sich zu entspannen und lockerte seine Schultern wieder. Kaum hatte er das Haus verlassen, kam auch schon ihr Vater herein. »Hi, Dad!« Sie freute sich, dass er ebenfalls zum Abendessen kam und nicht mit seinen Zocker-Kumpels unterwegs war. »Wie geht's dir?«

»Ziemlich gut, Andi. Ziemlich gut. Ich hab gerade eine Glückssträhne.« Er grinste und sah sehr zufrieden mit sich aus.

»Dad ...«

Er schüttelte den Kopf. »Nein, keine Vorträge! Ich hab zehntausend Dollar mit einem Rubbellos gewonnen. Zehn Riesen! Ist das zu glauben?«

Und sie wusste jetzt schon, was er mit dem ganzen Geld anstellen würde, wenn man es ihn nicht behalten ließ. »Wie wär's, wenn du es mir gibst, damit ich es für dich zur Seite lege?«

»Zur Hölle, nein! Ich habe gerade eine Glückssträhne! Und ich werde nicht zulassen, dass du oder dein Bruder mir dazwischenfunkt, meinen Gewinn sogar noch zu vergrößern.«

Sie verdrehte die Augen, weil sie wusste, dass es nichts brachte, mit ihm zu streiten. »Dad, sei einfach nur vorsichtig. Nicht, dass du am Ende den falschen Leuten Geld schuldest.«

»Mach dir mal keine Sorgen um mich. Ich komm schon klar.« Er beugte sich vor und gab ihr einen Kuss auf die Stirn. »Ich treff mich jetzt noch mit den Jungs.«

Sie sah ihm nach, als er ging, und wünschte sich wieder einmal, es gäbe eine Möglichkeit, um seiner Spielsucht ein Ende zu setzen. Und doch wusste sie gleichzeitig, dass sie nichts dagegen tun konnte. Seufzend ging sie in die Küche, um Halley bei den Essensvorbereitungen zu helfen.

KAPITEL 9

Eine Woche später war Thanksgiving, eine richtig große Familienangelegenheit, die Andi in diesem Jahr sogar noch mehr genoss als sonst. Sie konnte wirklich dankbar sein, dass es diese wunderbaren Menschen in ihrem Leben gab und sie mit ihnen feiern würde. Auch wenn Billy immer noch in Rosewood Bay herumschlich und sie kürzlich gesehen hatte, dass er sie aus seinem Wagen und an Straßenecken beobachtete, war sie sich doch sehr wohl bewusst, wie anders ihr Leben einmal gewesen war.

Die Frauen versammelten sich in Phoebes Küche, während die Männer im Hobbyraum rumhingen, wo auf dem Großbildfernseher Football lief.

Das Dinner war eine geräuschvolle Angelegenheit. Die beiden Jungs Nicky und Jamie saßen quatschend an einem Tischende, die Pärchen plaudernd nebeneinander, und Halleys Tante Joy und Andis Dad unterhielten sich während des gesamten Essens miteinander.

Nach dem Dinner half Andi abzuräumen und entschuldigte sich dann, um mit Nicky für den Nachtisch zu Kyles Mom zu fahren.

Kyles Eltern freuten sich, sie wiederzusehen, und sogar

sein Bruder Chase, der in der Vergangenheit oft ziemlich kühl zu ihr gewesen war, wenn sie sich in der Stadt einmal über den Weg gelaufen waren, zeigte sich von seiner besten Seite. Kyles Mom Darla machte viel Wirbel um Nicky und schob ihm noch ein zweites Stückchen Kürbiskuchen mit Eiscreme zu. Andi sagte nichts dazu, weil Nicky den heutigen Abend genießen sollte. Ihr Tag war bislang einfach zu gut gewesen, um ihn durch irgendwelche Mom-Regeln oder Sorgen zu verderben.

Als Andi und Nicky später Kyles Elternhaus verließen, brach er ebenfalls auf und bestand darauf, die beiden nach Hause zu begleiten. Andi erhob keine Einwände. Seit dem Vorfall mit Billy hatte Kyle das schon häufiger getan. Sie verstand seine Sorge und konnte nicht leugnen, dass es sie beruhigte, dass ihr jemand zur Seite stand. Sie brachte es nicht über sich zu denken, er traue ihr vielleicht doch nicht zu, selbst auf sich aufzupassen und zu sorgen. Nicht angesichts der Drohungen ihres Ex-Mannes.

Sobald sie bei ihr waren und Nicky in sein Zimmer im Obergeschoss gegangen war, wandte sie sich Kyle zu.

»Wie war dein Tag?«, fragte er sie und wickelte sich dabei eine ihrer Locken um den Finger.

»Echt schön«, murmelte sie. »Die Pies deiner Mutter sind immer noch die besten.«

»Heute hat sie's echt übertrieben. Ich glaube, sie wollte dich beeindrucken und dir einen Grund geben wiederzukommen.«

Andi schlang ihm die Arme um den Hals. »Meint sie, du allein wärst nicht Grund genug?«

Er kniff die Augen zusammen. »Natürlich nicht. Sie wollte dir noch einen weiteren Anreiz geben.«

Andi lachte. »Da hätte sie sich keine Sorgen machen müssen.«

»Mom, können wir einen Film kucken?«, fragte Nicky, der die Treppe zu ihnen heruntergerannt kam.

Eilig löste Andi ihren Griff um Kyles. »Na klar. Entscheidet ihr beide doch, welchen.«

Dann setzten sie sich aufs Sofa im Wohnzimmer und schauten *Pets*. Kyles Anwesenheit war für Nicky mittlerweile schon ganz normal geworden, und Andi fragte sich, ob sie nicht vielleicht bald mal ein ernsteres Gespräch mit ihm über ihre Beziehung mit seinem Lehrer führen sollte. Die Entscheidung fiel ihr nicht leicht, und sie zerbrach sich darüber den Kopf. Abgelenkt von dem Film, versuchte sie für sich zu klären, was ihr diese Beziehung bedeutete. Sie hatte es bislang vermieden, darüber nachzudenken, und dies dem Umstand zugeschrieben, dass sie andere, größere Probleme hatte, über die sie sich Gedanken machen musste. Aber das war nur eine Ausrede. Sie fürchtete sich davor, ihre Gefühle genauer zu prüfen, aus Angst vor dem, was sie vorfinden würde.

Kyle besaß so viele gute Eigenschaften, die sie nicht nur bewunderte, sondern zu denen sie sich auch auf emotionaler Ebene hingezogen fühlte. Wäre das, was sie für ihn empfand, nur rein sexueller Natur, dann wäre es leicht gewesen. Dann würde sie einfach ihr Verlangen befriedigen, sich aber nicht in Begleitung ihres Sohns außerhalb der Schule mit Kyle treffen. Und nicht einen Feiertag, zumindest teilweise, mit seiner Familie verbringen. Und vor allem würde sie sich nicht Forderungen fügen à la *Bitte ruf mich an, wenn du von der Arbeit heimkommst, damit ich weiß, dass du sicher im Haus bist und die Alarmanlage eingeschaltet ist.*

Sie sah zu Kyle hinüber, der in der anderen Sofaecke saß, über die dummen Streiche auf dem Bildschirm lachte und sich mit Nicky über das Bandenchef-Kaninchen namens Snowball unterhielt. Er war immer so geduldig mit Nicky, und das fand sie mindestens genauso sexy wie seinen nackten Oberkörper, seine durchtrainierte Figur und sein attraktives Gesicht.

Sie betrachtete ihn nicht mehr als ihren besten Kumpel aus Kindheitstagen, sondern als den Mann, in den sie sich verliebt hatte. Und wie! Wie das passieren konnte, wo sie sich doch versprochen hatte, dass sie keinen Mann in ihrem Leben brauchte, auf eigenen Beinen stehen konnte und auch würde, war ihr allerdings ein Rätsel,.

Ebenso wenig wusste sie, was sie dagegen tun konnte. Was sagte es über sie aus, dass sie sich, gerade über eine schlechte Beziehung hinweggekommen, sofort in die nächste, wenn auch gute, stürzte? Ohne genügend Zeit dafür aufgebracht zu haben, es auch alleine zu schaffen? Nur: Was bedeutete eigentlich *genügend Zeit*? Bedeutete es, dass sie automatisch ihre Unabhängigkeit aufgab, wenn sie eine Beziehung einging?

Solche Gedanken beschäftigten sie, sodass sie den Großteil des Films verpasste, den sie allerdings schon zweimal gesehen hatte. Als er schließlich vorbei war, schickte sie Nicky nach oben zum Duschen und um sich bettfertig zu machen. Sie räumte den Rest des selbst gemachten Pop-corns weg, Kyle half ihr dabei, die Getränke in die Küche zu bringen und das schmutzige Geschirr in die Spüle zu stellen.

»Sonntag in einer Woche werden die Lichter des städti-schen Weihnachtsbaums angemacht«, sagte er. »Sie haben einen Sechstklässler ausgesucht, der in diesem Jahr den Schalter drücken soll.«

Sie lächelte. »Klingt lustig. Ich weiß, dass Nicky dabei sein will. Er hat gefragt, ob er mit der Familie eines Freun-des hin darf, aber ich denke, ich sollte lieber selbst mit ihm gehen.«

Kyle lehnte sich an den Küchenschrank und begegnete ihrem Blick. »Lass uns das machen. Wir können zusammen hingehen, und er kann seinen Freund dann dort treffen. Wir machen daraus einen richtigen Familientag.«

Sie biss sich auf die Lippe, ihre vorherigen, widerstrei-tenden Gedanken schwirrten ihr immer noch im Kopf herum. Sollte sie allein mit ihrem Sohn hingehen? Sollte sie beiseiteschieben, was sie eigentlich wollte, nämlich mit Kyle zusammen sein? Und alles alleine machen, nur weil Billy versucht hatte zu kontrollieren, was sie tat und mit wem sie sich traf? Oder sollte sie einfach ihrem Herzen fol-gen und Zeit mit Kyle verbringen?

War es emotional gefährlich, sich zu verhalten, als wären sie drei tatsächlich *eine Familie*? Wäre Nicky verletzt, wenn es irgendwann mit Kyle vorbei wäre? Jedenfalls wusste sie jetzt schon, dass sie es sein würde. Aber Kyle hatte ihr kei-nen Grund gegeben zu denken, er nehme ihre Beziehung nicht ernst. Er hatte sie ganz langsam dorthin geführt, wo sie heute waren, von locker und zwanglos bis hin zu intensiv und gefühlstief, ohne dass sie es überhaupt mitbekommen hatte.

»Du denkst schon wieder zu viel nach«, stellte Kyle fest und nahm ihr Gesicht in seine Hände, sodass sie ihm in die Augen blicken musste.

Sie lächelte verlegen. »Schuldig«, murmelte sie.

»Es ist doch nur ein Abend draußen im Freien, wir schauen zu, wie die Lichter am Weihnachtsbaum angemacht werden. Es ist keine lebenslängliche Verpflichtung«, neckte er sie, aber sie war sich sicher, Schmerz aus seiner Stimme herauszuhören.

Weil sie gezögert hatte. Weil sie nicht einfach eine Beziehung führen konnte, ohne sich darüber Gedanken zu machen, was das für sie bedeutete. Und über sie als Frau aussagte. Und als Mensch.

Sie seufzte. »Tut mir leid. Ja, lass uns zusammen hingehen.« Sie war sich voll und ganz bewusst, dass sie mit einem gemeinsamen Erscheinen auf dieser Veranstaltung so etwas wie eine öffentliche Erklärung abgaben. Die Billy auf jeden Fall mitkriegen würde, wenn er noch in der Stadt sein sollte. Und obwohl das Haus laut Phoebe bereits verkauft war, wusste Andi, dass er immer noch in der Gegend herumlungerte.

»Machst du dir etwa Sorgen, Billy könnte uns zusammen sehen?«, fragte Kyle, der scheinbar ihre Gedanken gelesen hatte.

»Sorgen?« Sie schüttelte den Kopf. »Nein, weil ich dort

nicht alleine sein werde. Ich werde umringt sein von Menschen, und du wirst an meiner Seite sein. Aber ob ich mir dessen bewusst bin, dass Billy auch dort sein könnte? Ja, die ganze Zeit.«

Kyle nahm ihre Hand in seine. »Wir machen's offiziell. Wir sind zusammen, und er kann nichts daran ändern. Und wir leben unser Leben weiter«, erklärte er entschlossen.

Als sie nickte, zog er sie in seine Arme. »Ich freue mich so, dass du einen Teil des Feiertages mit mir verbracht hast«, sagte er und wechselte damit das Thema.

»Ich mich auch.« Trotz all ihrer Bedenken fühlte es sich richtig an, mit Kyle zusammen zu sein.

Plötzlich war das Geräusch der laufenden Dusche in den Rohrleitungen in der Wand zu hören. Und Kyle nutzte die wenigen Minuten des Alleinseins, während Nicky duschte. Er schob Andi gegen die Küchentheke, hielt sie mit seiner Hüfte fest und drückte seine Lippen auf ihre. Dann verschlang er sie regelrecht mit seiner Zunge.

Sie stellte sich auf die Zehenspitzen und erwiderte den Kuss, schlang die Arme um seinen Hals und verlor sich in seinem männlichen Geschmack. Es dauerte nie lange, bis ihr Körper in seiner Nähe von Verlangen gepackt wurde, aber je länger sie zusammen waren, desto mehr waren auch ihre Gefühle involviert. Genau genommen war sie schon jetzt durch und durch pures Gefühl.

Kyle sorgte dafür, dass sie Sicherheit empfand, während er sie zugleich erregte. Sie drückte sich an ihn, versuchte ihm so nah wie möglich zu sein, so nah, wie es mit Klamotten möglich war. Er schob seine Hand in ihre Jeans und umfasste ihren Hintern. Genau in diesem Moment hörte das Duschwasser auf zu laufen, und Nicky brüllte nach unten: »Mom! Ich hab die Handtücher vergessen!«

Lachend trat sie von Kyle weg, und er nahm grinsend seine Hände von ihr. »Wenigstens wurden wir nicht auf frischer Tat ertappt«, sagte er schmunzelnd.

»Stimmt. Und ich muss jetzt dem nassen Jungen zu Hilfe eilen. Bin gleich wieder da!«

Sie ging nach oben, holte frisch gewaschene Badetücher aus dem Wandschrank und brachte sie Nicky. Als sie wieder nach unten kam, fand sie Kyle mit ihrem Handy in der Hand vor. »Es hat vibriert. Dein Bruder.«

Er reichte ihr das Gerät, und sie ging ran. »Hallo?«

»Andi?«

»Kane? Was gibt's?« Sie war beunruhigt, schließlich waren sie den ganzen Nachmittag zusammen gewesen, und es war gar nicht seine Art, sich nach so einem Tag noch einmal bei ihr zu melden.

»Dad bekam einen Anruf und ist daraufhin sofort mit einem breiten Grinsen auf dem Gesicht abgehauen.«

»Ein Kartenspiel …«, seufzte sie.

Tröstend legte ihr Kyle eine Hand auf die Schulter.

»Schätze ich auch. Soll ich die üblichen Orte abklappern und ihn nach Hause bringen?«, fragte Kane.

Sie schüttelte den Kopf. »Nein, du bleibst bei deiner schwangeren Frau. Es war ein langer Tag.«

»Er wird seinen Rubbellos-Gewinn aufs Spiel setzen«, meinte ihr Bruder und klang frustriert.

»Und es gibt nichts, was wir dagegen tun können.«

Kane murmelte etwas, das sie zwar nicht verstand, aber für ein paar deftige Schimpfwörter hielt.

»Wie war Thanksgiving noch bei euch?«, fragte sie und wechselte damit das Thema.

»Schön, und bei dir?«, erkundigte sich Kane, während Kyle neben sie trat und mit seinen Lippen ihren Hals liebkoste.

Ihr Körper reagierte prompt darauf, ihre Nippel richteten sich auf, und Verlangen pulsierte zwischen ihren Schenkeln. »Gg... gut«, stammelte sie und versetzte Kyle scherzhaft einen Rippenstoß. »Hör auf damit«, wies sie ihn zurecht, als er über ihr Schlüsselbein leckte.

»Hört sich so an, als wäre euer Tag noch nicht vorbei«, stellte Kane fest. »Ich lass euch dann mal allein. Meld dich einfach, wenn du etwas von Dad hörst, das werd ich auch tun.«

»Mach ich!« Es kam ihr so vor, als würden sie diese Unterhaltung ständig führen, doch es gab wirklich nichts, was sie jetzt tun konnten, außer mit ihrem Vater Mitleid zu haben und das Beste zu hoffen.

Sie legte auf und begegnete Kyles verständnisvollem Blick. »Ich hab nur versucht die Stimmung ein bisschen aufzulockern«, erklärte er.

Sie kicherte, ihr Körper war immer noch wie elektrisiert und begierig nach seinem verführerischen, wenn auch zeitlich höchst unpassenden Anschlag auf sie. Und dem Lecken.

»Kann ich irgendwie behilflich sein?«, erkundigte er sich.

Aber sie schüttelte den Kopf. »Seit unserer Kindheit

hat sich eigentlich überhaupt nichts geändert. Heute versuchen wir einfach nur irgendwie mit seiner Spielsucht klarzukommen.«

Er drückte ihr aufmunternd die Hand, und sie hob den Kopf. »Bist du dir wirklich sicher, dass du mit mir zusammen sein willst? Ich hab nämlich einen ganzen Sack voll Probleme.« Ihr Ex-Mann und seine Drohungen, ihr Vater und sein Laster, ganz zu schweigen davon, dass sie alleinerziehend war, mit all den Aufgaben und Pflichten, die das mit sich brachte.

»Spürst du die Verbindung zwischen uns?«, fragte er und sah sie mit seinen dunklen Augen ernst an.

Sie nickte, denn sie spürte sie. Mit jeder Faser ihres Seins.

»Was lässt dich dann meinen, ich wäre mir nicht hundertprozentig sicher, dass ich mit dir zusammen sein will?« Er zog sie an sich, seine Körperwärme hatte etwas Tröstliches und Beruhigendes. »Alles an dir ist es wert, zu einer Beziehung mit dir zu gehören. Anders gesagt: Du wirst mich nicht los.«

Sie schlang ihre Arme um seine Taille und legte ihren Kopf an seine Brust. »Das will ich auch gar nicht.«

Dennoch konnte sie die Vorahnung nicht abschütteln, dass irgendetwas Schlimmes hinter der nächsten Ecke lauerte. Wie zum Beispiel ihr Ex. Oder die exzessive Spielsucht ihres Vaters. Etwas, das ihr den Boden unter den Füßen wegreißen könnte.

★ ★ ★

Andi schlief tief und fest, als es an der Haustür klingelte. Panisch zog sie ihren Morgenrock über und zog den Gürtel fest. Mit trockenem Mund und dem Handy in der Hand ging sie zur Tür und spähte nach draußen. Sie war darauf gefasst, ihren Ex-Mann dort stehen zu sehen, und ihr fiel ein Stein vom Herzen, als sie feststellte, dass es ihr Vater war.

Sie knipste das Flurlicht an, schaltete die Alarmanlage aus und öffnete die Tür. Dann zog sie ihren Vater ins Haus und schloss hinter ihnen die Tür ab. »Was machst du denn hier so spät? Es ist fast Mitternacht, du hast mich zu Tode erschreckt!«

»Andi, ich hatte total viel Glück!« Seine goldbraunen Augen, die denen ihres Bruders so ähnlich waren, funkelten vor Aufregung.

»Pst! Nicky schläft«, ermahnte sie ihn.

Ihr Vater nickte zwar, es trübte seine Begeisterung allerdings nicht im Geringsten. »Ich habe ein kleines Vermögen gewonnen und musste dir diese Neuigkeit einfach mitteilen.«

Wut stieg in ihr auf. »Du hast mich nur geweckt und erschreckt, um mir zu erzählen, dass du mal wieder zocken warst? Das ist doch nichts Neues! Und du weißt, wie ich darüber denke.« Sie streckte ihre Hand bereits nach dem Türgriff aus, fest entschlossen, ihn dazu aufzufordern zu gehen.

»Du wirst deine Meinung ändern, wenn du erfährst, von wem ich es gewonnen habe«, meinte er und zog ein Geldbündel aus dem Innenfutter seiner Jacke.

Sie blinzelte erschrocken. »Dad! Du kannst doch nicht

mit so viel Geld in der Gegend rumspazieren! Das ist viel zu gefährlich!« Und schaltete auf diese Feststellung hin die Alarmanlage wieder ein.

»Willst du denn gar nicht wissen, wer der Trottel war, dem ich die Kohle abgenommen habe?« Seine Wangen glühten förmlich vor Begeisterung.

Sie seufzte. »Na schön. Wer war's?«

»Dein Ex, dieser Scheißkerl«, antwortete er beinahe vergnügt.

Andi kniff sich in den Nasenrücken und spürte bereits die beginnenden Kopfschmerzen. »Dad, das ist jetzt nicht dein Ernst, oder? Du bist nicht sofort gegangen, als du ihn dort gesehen hast?«

Jonathan schüttelte den Kopf. »Ich hab dir doch gesagt, dass ich grade eine Glückssträhne hab. Wer hätte sich da besser zum Abzocken geeignet? Der Hundesohn hatte die komplette Kohle dabei, die er für das Haus seiner Mutter bekommen hat. Das wollte er wohl noch ein bisschen aufstocken. Es gibt Gerüchte, dass er sich vor einiger Zeit in irgendwelche Schwierigkeiten gebracht hat und das Land verlassen muss.«

»Du lieber Himmel!« Also war er in der Stadt, um das Haus zu verkaufen, so viel Geld wie möglich zusammenzukriegen und dann wieder zu verschwinden. Und sie hatte er währenddessen nur belästigt, weil ihm danach war und er es konnte.

Na schön, das erklärte einiges, dachte sie. Aber das Land verlassen? »Was denn für Schwierigkeiten?«, fragte sie ihren Vater.

»Keine Ahnung, und es interessiert mich auch nicht. Aber ich will, dass du das Geld bekommst. Du hättest es schon bei der Scheidung kriegen sollen. Es kann in deinem und Nickys Leben einiges leichter machen.«

Ihr Vater, der sich nie von Gewinnen und zusätzlichem Geld trennte, wenn er gerade in einer Spielphase steckte, überreichte ihr jetzt mehr Bargeld, als sie je in ihrem Leben gesehen hatte.

Sie kniff die Augen zusammen und konzentrierte sich auf ihren Vater und die zusammengeknüllten Scheine in seinen Taschen. Jeder, gegen den er gespielt hatte, wusste, dass er mit viel Geld durch die Gegend lief, und das war gefährlich. Und um dem Ganzen noch eins draufzusetzen, wusste sie, dass Billy etwas wegzunehmen ebenfalls höchst gefährlich war. Er würde sich das nicht einfach so gefallen lassen.

Es gefiel ihr zwar nicht, es um diese Uhrzeit noch zu tun, aber sie rief trotzdem ihren Bruder an. »Kane? Dad ist hier. Ich bräuchte dich«, sagte sie über den stürmischen Protest ihres Vaters hinweg.

Fünfzehn Minuten später war Kane bei ihr. Andi deaktivierte die Alarmanlage, ließ ihn ein und schaltete sie danach sofort wieder ein. Sie zeigte auf das viele Geld, das ihr Vater auf dem Wohnzimmertisch ausgebreitet hatte.

»Ach, du heilige Scheiße!« Kane starrte das Geld und dann seinen Vater an.

»Das hat er Billy abgenommen«, flüsterte Andi.

Woraufhin ihr Bruder erneut fluchte. »Dad, jetzt hat dieser Mistkerl allen Grund, hinter Andi her zu sein. Was zur Hölle hast du dir nur dabei gedacht?«

»Es war doch bloß ein Kartenspiel, Kane. Ich spiel das ständig. Er hat fair und ehrlich verloren.«

Aber Billy war ein Typ, der schnell an die Decke ging, und wenn er das Geld aus ernsthaften Gründen brauchte, würde es definitiv noch Probleme geben, dachte Andi, und ihr drehte sich der Magen um.

»Okay, ich werde das Geld erst mal nehmen und es im Safe in der Werkstatt deponieren«, sagte Kane. »Und morgen überlegen wir uns, wie wir Billy das Geld zurückgeben können.«

Ihr Vater öffnete schon den Mund, um Einwände zu erheben, schloss ihn dann aber klugerweise wieder. Womöglich wurde ihm allmählich das Ausmaß seines Fehlers bewusst, gegen Andis Ex-Mann gespielt zu haben. Wie immer hatte er es nur gut gemeint, aber dieses Mal hatte er richtig Mist gebaut.

★ ★ ★

Der Freitag nach Thanksgiving war traditionell ein beliebter Einkaufstag im Städtchen, und auch Andi öffnete den Laden. Obwohl sie aus Erfahrung wusste, dass sich die meisten Leute ihre Blumendekoration bereits vor Thanksgiving besorgt hatten, war es für alle Fälle dennoch sinnvoll aufzumachen. Sie würde bis Mittag arbeiten, und Wendy, die Besitzerin des In Bloom, wollte gerne die Nachmittagsschicht übernehmen. Offenbar hatte sie Verwandtschaftsbesuch und brauchte eine kleine Verschnaufpause von ihren Gästen. Nicky war am Vormittag bei seinem Freund, und

Andi würde die beiden nach ihrer Schicht abholen und mit ihnen zu sich nach Hause fahren, damit auch die Mutter von Nickys Freund ein paar Black-Friday-Einkäufe erledigen konnte.

Untätig saß Andi in dem ruhigen Laden herum, es gab weder Kunden noch Lieferungen, um die sie sich hätte kümmern müssen, als plötzlich das Telefon klingelte. »Hallo?«

»Andi? Hier ist Katrina.« Sie war die Mutter von Nickys Freund, bei dem er gerade war.

»Hi, Katrina. Alles in Ordnung?«

»Nein«, antwortete Katrina mit zitternder Stimme. »Die Jungs waren draußen und haben im Garten gespielt. Dann kam Michael reingerannt und hat mir berichtet, ein Mann wäre gekommen und hätte Nicky mitgenommen.«

Das Blut wich aus Andis Gesicht, und obwohl sie saß, war ihr, als würde sie gleich umkippen.

Katrina sprach weiter. »Michael meinte, dass Nicky den Mann kannte und nicht mitgehen wollte, aber der Typ hätte ihn am Arm geschnappt und zu seinem Wagen gezerrt. Als Michael ins Haus gerannt kam, um es mir zu sagen, waren sie schon weg. Es tut mir so leid, Andi. Ich ...«

»Ist okay, du hast nichts falsch gemacht. Ich weiß, wer das war«, erwiderte Andi, die es irgendwie schaffte, die Fassung zu bewahren. »Ich kümmere mich darum.« Sie beendete das Telefonat. Alles, woran sie jetzt denken konnte, war, welche Angst ihr kleiner Junge gerade haben musste.

Bevor sich Andi überlegen konnte, was sie jetzt tun sollte, klingelte ihr Handy erneut. Unbekannte Nummer.

Beim Rangehen lief es ihr eiskalt den Rücken hinunter. Sie wusste genau, wer am anderen Ende der Leitung war. »Gib mir meinen Sohn zurück, du verdammter Scheißkerl!«

»Gib mir meine Kohle zurück«, entgegnete Billy.

Darüber musste sie nicht mal nachdenken. »In Ordnung!«

»Wir treffen uns im Park. Bei dem Baum, in dessen Rinde wir damals unsere Namen geritzt haben.«

Der Baum befand sich in einem abgeschiedenen Teil des Parks, nicht in der Nähe des Pavillons, wo sich immer viele Menschen trafen und zusammenkamen. Andis Herz klopfte so stark, dass ihr sein Pochen bis in die Ohren drang. Aber aus Angst um ihren Jungen willigte sie sofort ein. »Okay, aber lass mich zuerst mit Nicky reden.«

»Nein!«

»Du wirst nichts von mir bekommen, solange ich nicht höre, dass es ihm gut geht. Und zwar von ihm persönlich!«

Billy fluchte, und sie hörte Geraschel.

Und dann das Beste, was sie je gehört hatte. »Mommy?«

»Ich bin's, mein Schatz. Alles okay bei dir?«, wollte sie wissen. Ihre Hände zitterten so stark, dass sie kaum noch das Telefon halten konnte.

»Ich hab Angst«, gab Nicky zu.

»Ich komme, um …«

»So, das reicht. Du hast gekriegt, was du wolltest. Bring mir jeden Penny, den mir dein alter Herr geklaut hat, wenn du Nicky wiedersehen willst«, sagte Billy. Er schien sich absolut sicher zu sein, dass sie tun würde, was er verlangte. »Ich melde mich später bei dir wegen der Uhrzeit.«

»Rühr ihn ja nicht an oder ich ...«

Er schnitt ihr das Wort ab, indem er die Verbindung beendete. Sie legte ebenfalls auf, schaltete dann auf Autopilot und machte ein paar Anrufe. Als Erstes rief sie ihre Chefin an, um ihr mitzuteilen, dass sie wegen eines Familiennotfalls den Laden zumache. Anschließend meldete sie sich bei Kane, da er Billys Geld hatte.

Und schließlich rief sie Kyle an, weil sie ihn brauchte.

Sie bat beide, zu ihr nach Hause zu kommen.

Obwohl sie immer noch wie versteinert war, bekam sie es trotzdem noch hin zu denken. Und realisierte, dass sie erstmals etwas tat, was sie nie getan hatte, als Billy sie damals terrorisiert hatte: Sie verließ sich auf andere. Vertraute darauf, dass sie ihr helfen würden. Sie tat das, was sie früher für Schwäche gehalten hatte, und erkannte jetzt, dass es sie in Wirklichkeit stark machte.

Noch bevor sie Kyle oder Kane nach ihrer Meinung dazu fragen konnte, rief sie auf dem Heimweg die Polizei an. Weil sie sich weigerte, Billy mit der Entführung ihres Sohnes durchkommen zu lassen.

KAPITEL 10

Als Kyle bei Andis Haus ankam, sprang gerade Kane mit einer schwarzem Tasche in der Hand aus seinem Wagen. Außerdem parkte ein Polizeiwagen in der Einfahrt. Er stellte sein Auto dahinter ab.

Kyle hatte einen Anruf von Andi erhalten. »Komm zu mir nach Hause, ich brauche dich.«

Mehr hatte sie nicht sagen müssen. Er hatte die Klassenarbeiten, die er gerade korrigierte, einfach liegen lassen und sich sofort auf den Weg zu ihr gemacht. Jetzt wusste er, dass irgendetwas Gravierendes passiert sein musste. Panik erfasste ihn, und er rannte quer über den Rasen, statt die Einfahrt und den Weg bis zu ihrer Haustür zu nehmen. Die Haustür stand offen, und er ging nach drinnen.

Ein uniformierter Polizist war am Telefonieren, und Andi kam durch den Raum auf ihn zugerannt, direkt in seine Arme. Kyle hielt sie fest und schaute über ihre Schulter zu Kane, der ganz blass war. »Was ist hier los?«

»Billy hat Nicky entführt.« Und dann erzählte Kane, dass sein Vater beim Pokern Geld gewonnen hatte – ausgerechnet von Andis Ex-Mann. Viel Geld, das Billy jetzt wieder zurückhaben wollte. »Und die Ironie an der ganzen

Geschichte ist, dass ich diesen Mistkerl sowieso kontaktieren wollte, sobald ich ihn aufgetrieben hätte. Weder Andi noch ich wollten etwas mit dem Geld zu tun haben. Wir haben es erst letzte Nacht von Dad bekommen.« Frustriert schüttelte er den Kopf.

Kyle hätte ihren Dreckskerl von Ex-Mann am liebsten eigenhändig erwürgt, aber ihr zuliebe blieb er ruhig.

Ihm wurde jetzt klar, dass sich die Polizei des Bundesstaats eingeschaltet und den Fall von der Ortspolizei übernommen hatte, da Andi eine Entführung angezeigt hatte.

Der dunkelhaarige Uniformierte hörte der Person am anderen Ende der Leitung zu, legte dann auf und sah sich im Raum um. Sein Blick blieb an Andi hängen.

Sie erstarrte, straffte aber dann ihre Schultern, woraufhin Kyle sie noch näher an sich zog. Er war stolz auf sie, dass sie sich so zusammenriss, und freute sich, dass sie ihn angerufen hatte, statt mit dem hier alleine fertigwerden zu wollen.

»Wer da auch immer gerade Dienst hatte, als Sie die Anzeige wegen Belästigung bei Ihrem zuständigen Revier gemacht haben, hat Mist gebaut«, meinte der Cop. »Man hätte Ihren Ex überprüfen müssen. Er wird in New York City wegen Körperverletzung gesucht.«

Scheiße. In Kyles Kehle stieg Galle hoch.

»Und er hat meinen Sohn.« Doch statt zusammenzubrechen, löste sich Andi aus Kyles Armen und erklärte: »Ich muss Billy das Geld bringen. Das ist alles, was er will. Das Geld.«

»Zur Hölle, nein!«, entfuhr es Kane und er warf dem Beamten einen Hilfe suchenden Blick zu.

Es verlangte Kyle alles ab, sich nicht auf Kanes Seite zu schlagen und zu versuchen, Andi davon zu überzeugen, die Übergabe keinesfalls selbst zu übernehmen. Denn wenn er etwas in ihrer gemeinsamen Zeit gelernt hatte, dann, dass er sie für immer verlieren würde, wenn er sie jetzt nicht unterstützte. Es machte ihn zwar völlig fertig, aber er würde sie die unabhängige Frau sein lassen, wofür sie so hart gekämpft hatte.

Der Uniformierte schüttelte den Kopf. »Madam, ich denke, wir sollten ebenfalls dort sein, wenn er auftaucht, um das Geld zu holen.«

»Und ich denke, dass Andi diejenige sein muss, die es ihm übergibt, und ihren Sohn wiederbekommt... Danach können Sie Billy ja festnehmen«, schaltete sich nun Kyle ein und erwies ihr damit die größtmögliche Unterstützung, derer er fähig war

»Was soll der Scheiß?«, entfuhr es Kane, und er funkelte Kyle wütend an.

Wenn das hier vorbei war, würde Kyle Kane alles einmal in Ruhe erklären müssen.

Andi warf Kyle einen überraschten und dankbaren Blick zu.

»Denk doch mal nach, Kane«, sagte Andi. »Billy wird sich von der Polizei provoziert fühlen. Er könnte durchdrehen und Nicky etwas antun.« Ihre Stimme zitterte. »Aber wenn ich hinkomme, dann läuft alles so, wie er es erwartet. Er wird auf keinen Fall glauben, ich könnte die Polizei verständigt haben. Während unserer Ehe habe ich das schließlich auch nie gemacht. Er denkt, ich hätte viel zu viel Angst vor ihm. Ich gebe ihm das Geld, schnappe mir Nicky, und dann kann ihn die Polizei festnehmen, bevor Billy überhaupt Verdacht schöpft.«

Der Beamte runzelte die Stirn. »Erzählen Sie mir etwas über den Treffpunkt.«

»Es gibt überall Bäume. Sie können sich problemlos da verstecken. Fahren Sie am besten gleich hin, bevor Billy mich anruft und mir eine Zeit für die Übergabe nennt. Ich werde damit schon fertig«, sagte sie und klang fast beschwörend.

»Darüber muss ich zuerst mit meinen Vorgesetzten sprechen«, erwiderte der Mann und schnappte sich wieder das Telefon. »Jeden Moment müsste auch ein Detective hier sein, und wir brauchen ohnehin noch Verstärkung.«

Der Cop verließ den Raum, um das Ganze zu planen. Kane starrte Kyle immer noch zornig an.

»Sie muss das tun«, erklärte dieser ihrem Bruder. »Sie muss Billy ein letztes Mal gegenübertreten und ihm zeigen, dass sie keine Angst vor ihm hat. Sie wird Polizeiunterstützung haben. Mir gefällt es ja auch nicht, aber ich kann es verstehen.«

Andi trat hinter ihn und schlang ihre Arme um seine Taille. »Danke«, flüsterte sie.

»Bitte«, erwiderte er und hoffte inständig, dass er das Richtige tat.

★ ★ ★

Kyle saß auf der Rückbank eines Streifenwagens, der von Andis und Billys Treffpunkt aus nicht zu sehen war. Ein Beamter auf dem Fahrersitz wartete auf den Anruf, der sie darüber informierte, dass alles gut gelaufen war.

Kane saß neben Kyle und starrte ihn die ganze Zeit finster an. Er konnte es ihm nicht verdenken. Schließlich hatte sich Kyle auf Andis Seite gestellt und sie zu dieser gefährlichen Aktion ermutigt. Und während Kyle unruhig darauf wartete, dass endlich alles vorbei war, kam er zu dem Schluss, dass er völlig bescheuert gewesen sein musste, sie darin zu unterstützen, das Geld zu nehmen und ihrem Ex gegenüberzutreten.

Billy hatte ihr inzwischen eine SMS mit der Uhrzeit für die Übergabe geschickt – neun Uhr abends, wenn es bereits dunkel war. Und mittlerweile hatten sie auch herausgefunden, dass die Anklage wegen Körperverletzung, wegen der Billy gesucht wurde, von der Frau stammte, mit der er seit seinem Wegzug aus Rosewood Bay zusammen gewesen war. Man hatte sie bewusstlos geprügelt auf dem Fußboden ihrer Wohnung gefunden.

Nervös stieß Kyle die Luft aus.

»Wenn ihr irgendwas zustößt, bring ich dich um«, murmelte Kane.

»Danke. Jetzt geht's mir schon gleich viel besser.« Kyle sah Andis Bruder an. »Glaubst du wirklich, dass ich das gewollt habe?« Er wies nach draußen in die dunkle Nacht, der Mond am Himmel war über den Bäumen kaum zu erkennen.

»Ich weiß«, knurrte Kane und schüttelte den Kopf. »Meine Schwester ist so verdammt dickköpfig! Erst muss sie ganz allein, und ohne dass es irgendwer mitbekommt, mit einem gewalttätigen Ehemann klarkommen, und jetzt muss sie sich schon wieder gegen ihn behaupten – in einer höchst gefährlichen Situation, umstellt von Polizisten mit gezückten Waffen.«

Bei dem Wort *Waffen* drehte sich Kyle der Magen um. »Aber es geht doch schließlich um ihren Sohn«, erinnerte er Kane. »Sie würde alles dafür tun, um Nicky zurückzubekommen, und ich muss sie dabei unterstützen.« Weil er sie liebte.

Während er auf der Rückbank des Polizeiwagens saß und vor Sorge um Nicky und Andi wie versteinert war, war ihm deutlich bewusst, dass die beiden Menschen, mit denen er so gerne eine Familie sein wollte, ganz allein da draußen und in Gefahr waren.

Er wollte bei ihnen sein, und es frustrierte ihn, dass er das nicht konnte. »Ich hätte ja die Übergabe selbst gemacht, wenn das eine Garantie für Nickys sichere Rückkehr gewesen wäre. Aber wir wissen ja beide, was Billy getan hätte, wäre er am Treffpunkt auf mich anstelle von Andi gestoßen.«

Was weiteres Geknurre seitens des neben ihm sitzenden Kane hervorrief, das in einem unwilligen »Ich weiß. Ich hab einfach nur schreckliche Angst um sie« mündete.

»Willkommen im Klub.« Mit dem Herzen war er da draußen bei Andi, und bis sie nicht wohlbehalten zurück war, würde sich daran auch nichts ändern.

»Sie hat in ihrem Leben schon eine Menge durchgemacht«, meinte Kane und blickte zu Kyle. »Und wenn du sie nicht anständig behandelst, kriegst du es mit mir zu tun!«

Kyle hatte kein Problem mit Kanes brüderlicher Drohung. Er wollte nämlich nichts mehr, als Andi bis ans Ende ihres Lebens glücklich zu machen.

***

Die Luft war kalt, als Andi mit der Tasche in der Hand aus ihrem Wagen stieg, trotzdem schwitzte sie unter ihrer Jacke. Angst schnürte ihr die Brust zusammen, aber sie sagte sich, dass Billy bis jetzt nie irgendein Interesse an seinem Sohn gehabt hatte. Nicky war für ihn im Moment nicht mehr als ein Mittel zum Zweck. Sofern sie Billy das Geld gab, würde er seinem Sohn nichts antun. Und *hatte* ihm auch nichts getan. Davon versuchte sie sich schon zu überzeugen, seit sie durch den Anruf von Nickys Entführung erfahren hatte. Würde sie sich nicht dazu zwingen, daran zu glauben, dass er unversehrt war, wäre sie nicht mehr in der Lage weiterzuatmen. Dann hätte sie nicht die Kraft, um ihrem Sohn jetzt zu helfen.

Sie ging zu dem Baum, in dessen Rinde sie und Billy einst ihre Namen geritzt hatten, als sie noch jung und naiv gewesen war und völlig aus dem Häuschen, dass sich der Highschool-Quarterback in sie verknallt hatte. Sie befahl sich, ruhig zu atmen, während sie auf Billy wartete.

Sie wusste, dass sich zu beiden Seiten ihres Standorts zwei Polizisten versteckt hielten, die darauf warteten, Billy einzukreisen, sobald Andi Nicky in Sicherheit gebracht hatte.

Plötzlich drang Motorengeräusch durch die Stille. Obwohl man im Dunkeln kaum etwas erkennen konnte, ging sie davon aus, dass es Billy war. Sie wartete, bis er aus dem Wagen gestiegen war und sie sicher sein konnte, dass er es wirklich war.

»Andi?«, rief er.

»Ich bin hier!«

Er kam in der Dunkelheit auf sie zu, und sie sagte: »Bring Nicky her oder du kriegst kein Geld.« Sie versuchte ihre gelassene Fassade aufrechtzuerhalten und nicht so panisch zu klingen, wie sie sich fühlte.

»Glaubst du ernsthaft, du hättest hier das Sagen?«, fragte er.

»Ich hab eine Waffe.« Die Lüge platzte ihr heraus, sie wollte einfach nur ihr Kind sehen. »Bring Nicky her, dann kannst du das Geld haben. Ich will es sowieso nicht und hab es auch nie gewollt!«

Trotz der Dunkelheit hielt sie ihm die Tasche entgegen, in die sie und Kane das Geld gestopft hatten, damit Billy es sehen konnte. Ihre andere Hand behielt sie in der Jackentasche bei der vermeintlichen Waffe.

»Na schön. Auch wenn ich nicht glaube, dass du die Eier hättest, sie zu benutzen.« Billy riss die hintere Wagentür auf. »Komm raus, du Nervensäge!«

Beim Anblick ihres kleinen Jungen wurde ihr leichter ums Herz, doch als sie sah, wie Billy ihn am Arm packte, wurde ihr schlecht – von diesem Griff würde er blaue Flecken zurückbehalten. Billy zerrte Nicky in Andis Richtung und zu seiner Tasche mit dem Geld.

Ihr mutiger Junge sagte die ganze Zeit kein Wort, sondern schaute sie nur unverwandt an – mit weit aufgerissenen, angsterfüllten Augen. Und dafür hasste sie Billy. Hätte sie ihn nicht schon längst gehasst, war sie spätestens jetzt erfüllt von ätzender Wut auf ihn wegen dem, was er ihrem Sohn angetan hatte.

»Du bist mir schon immer auf die Nerven gegangen, genau wie dein Vater. Er hat mich um mein Geld betrogen! Her damit!«

Sie schluckte und hielt ihm die Tasche hin. »Lass Nicky gehen.«

Billy stieß Nicky hart in den Rücken, sodass dessen zarter Körper in Andis Richtung taumelte. Sie ließ die Tasche auf den Boden fallen und riss ihren kleinen Jungen an sich. Dann ging sie in die Knie und zog Nicky dabei mit sich nach unten. Als sie ihren Sohn wohlbehalten in ihren Armen spürte, fing sie vor Erleichterung an zu schluchzen.

Billy hob die Tasche auf. »Freu dich nicht zu früh, du dumme Schlampe! Ich werde da sein, wenn du am wenigsten damit rechnest.«

»Geh zur Hölle!«, fauchte sie ihn an.

Billy drehte sich um und machte sich auf den Weg zu seinem Wagen.

Andi hielt die Luft an und umschlang weiterhin ihren Sohn, während die Polizisten aus ihren Verstecken hinter den Bäumen geschlichen kamen und Billy bei seinem Wagen von zwei Seiten stellten.

»Polizei! Hände hoch und keine Bewegung!«, hörte Andi einen der Beamten befehlen.

»Was zum Henker …?« Dumm, wie er war, versuchte Billy wegzulaufen, kam allerdings nicht weit, sondern wurde von einem der Cops gepackt.

Weinend nahm Andi ihren Sohn in Augenschein. Sie hielt ihn ein bisschen von sich, um jeden Quadratzentimeter von ihm zu inspizieren. »Wie geht's meinem tapferen Jungen?«, fragte sie. »Hat er dir wehgetan?«

»Er hat mich rumgeschubst und ein paarmal richtig fest gepackt. Aber ich bin schon okay, Mom.« Seine Augen glänzten von Tränen, die darin standen.

»Es ist absolut in Ordnung zu weinen«, sagte sie zu ihm, denn sie wusste, dass er gerade versuchte sie zurückzuhalten, damit sie sich nicht noch größere Sorgen um ihn machte. »Ich hab jedenfalls geweint, als ich hörte, dass dein Dad zu Michaels Haus gekommen ist und dich mitgenommen hat. Und jetzt weine ich schon wieder, weil ich so froh bin, dass ich dich wiederhabe.«

Seine Unterlippe zitterte. »Aber du bist ja auch ein Mädchen.«

»Und du bist ein sehr tapferer Junge. Und mutige Männer können weinen und trotzdem mutig sein.«

Er schniefte, und zwei Tränen liefen ihm aus den Augen. Erneut schlang sie ihre Arme um ihn und ließ ihm einen Moment Zeit.

Schließlich standen sie auf und gingen zu den Polizisten hinüber, die Billy überwältigt und ihm Handschellen angelegt hatten. Er schrie die Beamten an und machte ihnen Ärger.

Jetzt fuhr ein weiterer Streifenwagen vor, und ihr Bruder und Kyle sprangen heraus. Als Nicky seinen Onkel sah, rannte er auf ihn zu und warf sich in seine Arme. Andi lächelte beim Anblick der beiden Männer, die Konstanten in ihrem Leben waren, und holte tief Luft.

»Andi.«

Sie drehte sich zu Kyle um, und er zog sie in seine starken, tröstlichen Arme. »Herrgott, ich bin tausend Tode gestorben, während ich darauf gewartet habe, dass das hier endlich vorbei ist.«

Sie klammerte sich an ihn. Weil sie jetzt nicht mehr stark sein musste, konnte sie sich endlich gehen lassen, und er war der Einzige, dem sie vertraute, Zeuge davon zu sein. Er hielt sie fest, als sie Tränen der Erleichterung vergoss. Er urteilte nicht über sie, er tat nichts, als da zu sein. So wie er immer für sie da gewesen war – von der Minute an, in der sie sich wiedergefunden hatten.

Er hatte genug an sie geglaubt, um sie die Sache mit Billy alleine regeln zu lassen, und dafür würde sie ihm für immer dankbar sein. Er hatte sich ihr gegenüber bereits auf so viele Arten bewährt. Er war alles, was sie wollte ... und, Teufel noch mal, auch alles, was sie bei einem Mann verdient hatte. Aber bevor sie ihm von ihren Gefühlen erzählen konnte, musste sie endgültig ihre Vergangenheit hinter sich bringen.

Sie löste sich aus seinen Armen. »Es gibt da noch etwas, das ich erledigen muss.«

Kyle sah ihr in die Augen und nickte. »Aber ich komme mit.« Offenbar begriff er, was sie jetzt noch zu tun hatte.

Sie ging zu Billy, der mit Handschellen gefesselt neben dem Streifenwagen stand. Er war jetzt ruhiger als vorhin, anscheinend wurde ihm der Ernst seiner Lage allmählich klar.

Als Andi erfuhr, dass Billy seine Ex-Freundin bewusstlos geprügelt und sie blutend auf dem Fußboden in ihrer Wohnung hatte liegen lassen, wurde ihr klar, wie viel Glück sie gehabt hatte, diesem Schicksal entgangen zu sein.

»Kann ich noch einen Moment mit ihm haben?«, bat sie den Beamten.

»Ich hab dir nichts zu sagen«, entgegnete Billy aggressiv und boshaft wie immer.

Der Polizist nickte. »Nur zu. Bevor wir ihn wegbringen.« Er entfernte sich zwei Schritte und drehte ihnen den Rücken zu.

Andi begegnete dem Blick des Mannes, der sie jahrelang gequält und geschlagen hatte. Und der zurückgekommen war, um es wieder zu tun. Nur, dass sie ihm dieses Mal die Stirn geboten hatte. Und sich dieses Mal auch nicht von ihrer Familie, ihren Freunden oder Kyle abgewandt hatte.

Sie straffte die Schultern. »Du bist einfach nur erbärmlich«, sagte sie. »Du schikanierst Leute, von denen du glaubst, dass sie sich nicht wehren können. Du bist ein brutaler Mensch und ein Mistkerl.« Sie holte tief Luft. »Normalerweise würde ich jetzt sagen, dass ich wünschte, dich nie kennengelernt zu haben, aber ich verdanke dir zumindest etwas Gutes in meinem Leben, und das ist Nicky. Aber von ihm einmal abgesehen werde ich alles vergessen, was mit dir zu tun hat, Billy. Du bedeutest mir noch weniger als nichts.«

»Du dämliche Schlampe! Meinst du wirklich, dass Kyle dich nicht irgendwann mal genauso satthat, wie ich das hatte?«

Sie griff nach Kyles Hand. »Ich weiß, das wird er nicht«, entgegnete sie mit hocherhobenem Kopf. »Du wirst in einer Gefängniszelle versauern, während Kyle und ich unser Leben leben werden. Zusammen.« Er sollte wissen, dass er diesmal nicht seinen Willen bekommen würde.

Was er darauf sagte, hörte sie schon nicht mehr. Sie drehte ihm den Rücken zu und ließ ihn stehen. Zu gern hätte sie ihm vorher noch in die Eier getreten, aber da der Polizist direkt neben ihm stand, unterließ sie es.

»Wir bleiben in Kontakt, Ms. Harmon«, sagte der Beamte. »Wir brauchen noch Ihre Aussage und Sie als Zeugin, wenn es zum Prozess kommt.«

Andi nickte. »Was auch immer Sie benötigen, ich stehe zur Verfügung.«

Dann ging sie mit Kyle an ihrer Seite zu Nicky und Kane, und zusammen machten sie sich auf den Nachhauseweg.

* * *

Andi machte sich Sorgen um ihren Sohn wegen dem, was er mit seinem Vater erlebt und durchgemacht hatte. Sie war fest entschlossen, ihn zu einem Kinderpsychologen zu bringen, weil er unbedingt darüber sprechen musste, was ihm zugestoßen war und wie ihn sein eigener Vater behandelt hatte. Immerhin wurde er von einem Menschen bedingungslos geliebt. Er wusste, dass seine Mutter ihn niemals im Stich lassen und seine Bedürfnisse immer an erste Stelle setzen würde. Das musste auch etwas zählen.

Er war schon eingeschlafen, aber sie konnte einfach nicht anders, als noch einmal nach ihm zu schauen. Das Flurlicht fiel auf die fiesen roten Striemen auf seinen Armen, und sie schloss die Augen und wünschte sich, sie hätte ihm den Schmerz ersparen können. Dann zog sie die Tür mit einem leisen Klick zu.

»Hey.« Kyle tauchte hinter ihr auf und schlang seine Arme um ihre Taille. »Alles in Ordnung mit ihm?«, fragte er flüsternd.

Sie nickte. »Er schläft. Ich hab nur …«

»Noch mal nach ihm geschaut?«, fragte er verständnisvoll.

Sie seufzte. »Obwohl ich weiß, dass er jetzt in Sicherheit ist, ist es trotzdem schwer, ihn allein zu lassen.«

Er ging um sie herum und öffnete Nickys Tür weit genug, sodass sie ihn hören würden, sollte er im Schlaf schreien oder aufwachen und sie brauchen. »Besser so?«

»Ja, danke.«

Er nahm ihre Hand. »Können wir jetzt in dein Zimmer gehen und ein bisschen abschalten? Und reden?«

»Natürlich.« Sie wollte nichts mehr, als jetzt in seinen Armen zu sein. Sie hatte ihm so viel zu sagen. So viel zu erklären.

Sie gingen durch den Flur und in ihr Zimmer. »Lass die Tür auf, damit du ihn hören kannst«, schlug Kyle vor.

Allein dafür liebte sie ihn.

Sie legten sich auf Andis Bett und kuschelten sich aneinander. Kyle hatte seine Arme um sie geschlungen. »Kann ich zuerst etwas sagen?«, fragte sie.

»Könnte ich dich denn davon abhalten?«

Sie stieß ihm mit dem Ellbogen in den Bauch und lachte, dankbar, dass er versuchte, die Stimmung aufzulockern. Doch die Ereignisse des Tages ... verdammt, die Ereignisse ihres ganzen *Lebens* ernüchterten sie sofort wieder und verlangten jetzt einfach nach einem ernsthaften Gespräch.

»Ich weiß nicht, wo ich anfangen soll«, sagte sie und zog sich etwas zurück, damit sie sich auf einer Bettseite zusammenrollen und ihm in die Augen sehen konnte.

»Wo immer es dir angenehm ist.« Er wartete geduldig, ein ernster Ausdruck lag auf seinem attraktiven Gesicht.

»Ich war jung und dumm ...« Sie hielt eine Hand hoch, bevor er widersprechen konnte. »Naiv. Ich war jung und naiv. Ich hatte keine Mutter, die auf mich aufgepasst und mir gesagt hätte: *Andi, du machst einen Fehler!* Und dem einen Menschen, der mir genau das gesagt hat, habe ich nicht vertraut. Ich habe dir nicht geglaubt, und das wird mir immer leidtun.« Sie holte tief Luft. »Aber das, was ich zu Billy gesagt habe, war auch so gemeint. Ich werde es niemals bereuen, dass ich Nicky bekommen habe.«

Kyles Miene wurde sanfter. »Er ist ein tolles Kind. Eigentlich erstaunlich. Und das ist er nur wegen dir. Er ist das Beste von dir, Andi. Genau das.«

Sie lächelte, dankbar, dass er nicht Billy in ihrem geliebten Sohn sah. *Hürde eins geschafft*, dachte sie.

»Und dann hab ich meine Fehler noch verschlimmert, indem ich geglaubt habe, was Billy mir weismachen wollte.

Dass seine Übergriffe meine eigene Schuld wären, dass ich es verdiente. Und dass ich es vor den Menschen verheimlichen müsste, denen ich wichtig bin. Ich habe totalen Mist gebaut, als ich den Kontakt zu dir abgebrochen und dich von mir weggestoßen habe. Ich hätte daran glauben sollen, dass du schon allein mit Billy klarkommst, aber ich habe mich dermaßen gefürchtet, dass ich vor Angst nicht mehr klar denken konnte. Ich habe dich sehr verletzt und weiß, dass ich eigentlich keine zweite Chance für eine Freundschaft verdient hätte, ganz zu schweigen von der Beziehung, die wir jetzt miteinander haben.«

Er schüttelte den Kopf. »Du irrst dich, Andi. Missbrauchstäter haben nur so viel Erfolg, weil sie ganz genau wissen, wen sie ins Visier nehmen müssen. Das macht dich nicht falsch oder schlecht oder dumm oder sonst irgendetwas, wofür du dich vielleicht hältst.«

»Ich glaube das ja auch nicht wirklich. Jedenfalls nicht mehr. Ich sage manche dieser Dinge noch aus Gewohnheit, aber ich weiß, dass ich hart daran gearbeitet habe zu überwinden, was passiert ist. Und stark und unabhängig zu sein. Und genau da habe ich den nächsten Fehler gemacht. Ich dachte, ich müsste das alleine schaffen.«

Er drückte ihre Hand, und sie sprach weiter. »Du hast mir beigebracht, dass ich das nicht muss. Und nicht nur das, du hast mir auch beigebracht, dass ich es gar nicht mehr *will*.«

Er lächelte, als er das hörte. »Ich bin froh, dass sich mein Lehramtstudium für etwas als nützlich erwiesen hat, das mir alles bedeutet.«

Sie lachte zwar, aber ihre nächsten Worte waren wieder ernst. »Ich liebe dich, Kyle. Du bist mein bester Freund und der Mann, den ich liebe. Der einzige Mann, den ich jemals wirklich geliebt habe.«

Der Blick seiner goldbraunen Augen wurde sanfter. »Das ist gut zu wissen. Weil ich dich nämlich auch liebe. Das war schon immer so. Und um eine Sache mal richtigzustellen: Du bist nicht die Einzige, die Fehler macht. Ich hätte dir schon vor Jahren sagen sollen, was ich für dich empfinde. Vielleicht hätte ich dir damit ersparen können ...« Kopfschüttelnd verstummte er allmählich.

»Nicky«, sagten sie beide wie aus einem Mund.

»Wenn ich dir früher gesagt hätte, dass ich dich liebe, und wenn du über Billy Bescheid gewusst hättest, würdest du heute nicht Nicky haben.« Er sah ihr in die Augen. »Dann würden *wir* nicht Nicky haben.«

»Ich liebe dich«, sagte sie noch einmal bewegt. Voller Gefühle, vor denen sie sich gefürchtet hatte, bis Kyle in ihr Leben zurückgekehrt war.

Er hob ihr Kinn und schaute ihr tief in die Augen. »Ich liebe dich auch. Und wenn die Zeit gekommen ist, möchte ich dich heiraten und Nicky ganz offiziell zu meinem Sohn machen.«

Aus großen Augen sah sie ihn an.

Er grinste, ohne Reue, sie damit überfallen zu haben. Und auch ihr machte es nichts aus. Nicht das Geringste. Sie grinste zurück, glücklicher als je zuvor.

»Und jetzt küss mich!«, forderte er sie auf.

Mit einem Lächeln beugte sie sich vor und drückte ihre

Lippen auf seine. Sie wusste mit absoluter Sicherheit, dass ihre Träume, die sie schon als kleines Mädchen gehabt hatte – sich verlieben, einen guten Mann heiraten und die Familie haben, die sie sich immer gewünscht hatte –, endlich in Erfüllung gegangen waren.

EPILOG

Sommer

Hiermit erkläre ich Sie zu Mann und Frau.

Die Worte klingelten immer noch in Kyles Ohren, als sich seine und Andis Hochzeit im Garten von Halleys und Kanes Strandhaus fortsetzte. Sie hatten sich für eine kleine Feier im engen Freundes- und Familienkreis entschieden, mit den Menschen, die ihnen am meisten bedeuteten.

Kyle hatte ein Leben lang auf Andi gewartet. Zunächst, weil er zu schüchtern gewesen war, um zu seinen Gefühlen zu stehen. Und später, weil er zu lange gewartet und seine Chance damit vertan hatte. Er hatte sein Leben in Chicago gehabt, einige Frauen gedatet, doch keine von ihnen war an diese eine Frau herangekommen, der sein Herz gehörte.

Aber jetzt war sie Sein. Und ihr Sohn auch.

Billy — eigensinnig und narzisstisch wie immer — bekämpfte alle gegen ihn erhobenen Anklagen. Die Staatsanwälte waren davon überzeugt, dass er mit einer längeren Haftstrafe rechnen musste — wegen Körperverletzung, Entführung und noch etlichen weiteren Anklagepunkten, die in New York und Connecticut gegen ihn vorlagen. Er würde für eine lange Zeit hinter Gitter wandern.

Kyle und Andi hatten einen Anwalt engagiert, der Billy ohne Probleme davon überzeugen konnte, seine Rechte als Vater, die er ohnehin nie gewollt hatte, endgültig abzutreten. Der Staat Connecticut hatte das bereits offiziell abgesegnet, da Billy eine Gefahr für seinen Sohn darstellte. Dadurch erhielt Kyle die Möglichkeit, Nicky zu adoptieren, was er und Andi bereits vor ihrer Hochzeit in die Wege geleitet hatten. Sie wollten in jeglicher Hinsicht eine Familie sein, darin waren sie einer Meinung.

In ihrem weißen Brautkleid schwebte Andi barfuß über den Strand auf Kyle zu, sie strahlte übers ganze Gesicht. Diese Hochzeit war für sie diejenige, die zählte, und diesmal wollte sie alles richtig machen.

»Hast du es schon gehört?«, fragte sie Kyle und schlang ihre Arme um seinen Hals.

Er schüttelte den Kopf. »Ich glaube nicht. Was denn?«

»Braden hat Juliette einen Antrag gemacht. Sie wollten die Aufmerksamkeit nicht von unserer Hochzeit lenken und haben deshalb versucht, es geheim zu halten, aber sie hat einen hübschen funkelnden Ring an ihrem Finger, der mehr sagt als tausend Worte. Ich freu mich ja so für sie!«

Andi schien kein Problem damit zu haben, die Aufmerksamkeit zu teilen. Kyle hätte sich allerdings auch nicht vorstellen können, dass sie sich nicht total für das andere Paar freute.

»Und sie reden über eine Hochzeit im Ausland. Das klingt himmlisch.« Ihre Augen funkelten glücklich.

»Solange keiner bei unserer Hochzeitsreise auf den

Turks- and Caicosinseln auftaucht, soll's mir recht sein.« In der Regel teilte Kyle zwar gerne, aber keinesfalls die Inselzeit mit seiner Frau.

Abgesehen vom Warten auf die endgültige juristische Bestätigung der Adoption, hatten die beiden mit ihrer Hochzeit auch deshalb bis zum Sommer gewartet, weil Kyle dann Ferien hatte und sie damit gleich im Anschluss ihre Flitterwochen machen konnten.

Vor ein paar Monaten hatten Kane und Halley eine kleine Tochter bekommen – ein wunderschönes Baby, das heiß geliebt und voller Freude in der Familie willkommen geheißen wurde. Und Phoebe watschelte derweil auf der Hochzeit noch hochschwanger über den Strand.

Während Andis und Kyles Flitterwochen würde seine Mutter auf Nicky aufpassen, und Kyle konnte es kaum noch erwarten, endlich mit seiner Frau allein zu sein.

»Mom?«

Andi sah Nicky an, der eine Miniversion von Kyles Smoking trug ... und ebenfalls barfuß war.

»Was gibt's?«, fragte sie. Nicky hielt Halleys kleinen schwarzen Hund im Arm, weshalb sich Kyle bereits denken konnte, was als Nächstes kommen würde.

»Ich hab überlegt ... wenn ihr nach den Flitterwochen wiederkommt ... könnten wir dann nicht auch einen Hund kriegen? Bitte? Ich werde auch mit ihm Gassi gehen und ihn füttern. Bitte!« Er schaute zu ihr auf – mit großen ... Hundewelpenaugen.

»Hmm ... da müssen Kyle und ich erst mal drüber reden«, antwortete Andi.

Mit großen Augen wandte sich Nicky daraufhin an Kyle. »Dad? Können wir einen Hund kriegen?«

Dad.

Nicky hatte ihn zum ersten Mal *Dad* genannt.

Bei diesem Wort rutschte Kyle das Herz in die Hose. Er war so überrascht, dass er froh war, immer noch einen Arm um Andi gelegt zu haben, wodurch er sich abstützen konnte und nicht glatt umfiel.

Einfach so kam der Junge also zu einem Hund, dachte Kyle.

»Nach unserer Hochzeitsreise reden wir da noch mal drüber«, versprach Andi, weil Kyle offensichtlich zu überwältigt war, um etwas zu sagen.

»Du kriegst einen Freund«, flüsterte Nicky beim Gehen dem Hund auf seinem Arm zu.

»Er ist sich ja ziemlich sicher, dass er einen Hund bekommt«, meinte Andi. Sie sah Kyle an. »Alles okay bei dir, *Dad*?« Sie hatte ein zufriedenes Grinsen auf dem Gesicht.

»Mir ging's noch nie besser.« Er drehte sie zu sich um und beugte sie zurück. Dann küsste er sie lange und leidenschaftlich, bevor er sie wieder Luft holen ließ. »Ich kann's kaum erwarten, endlich mit dir allein zu sein, Ms. Davenport.« Er bekam einen Ständer und verfluchte im Stillen, dass sie noch den Rest der Hochzeitsparty hinter sich bringen mussten, bevor er sie ganz offiziell zu der Seinen machen konnte.

»Und ich freue mich schon auf Ihre Verbalerotik, Mr. Davenport.«

»Wir haben noch ein ganzes Leben dafür und noch viel

mehr vor uns, auf das wir uns freuen können.« Er griff nach
ihrer Hand. »Und jetzt lass uns mit unserer Familie und unseren Freunden feiern.«